［新］詩論・エッセイ文庫㉕
土曜美術社出版販売

われらにとって現代詩とはなにか

村椿四朗

［新］詩論・エッセイ文庫25

われらにとって現代詩とはなにか＊目次

われらにとって現代詩とはなにか

序にかえて　現代詩との出合い（わが詩の源流）プラス

その1

表題中、「わが詩の源流」をながめながら、ぼくは「源流」というコトバが引っかかった。この数年、いわば年代記というのか、ゼネレーションというのか、詩人論をかこうとするとき、そのことのこだわりがしばし手をとめてしまう。

欧米ではゼネレーションを父子間の交代とかんがえ、三十年間を単位に年代記の時間をとらえる習慣があるそうだ。この尺度は、日本でも有効であろう（だからか、あとにふれる東浩紀もこの時間帯をもちいている）。しかし、日本ではやっかいなことに「元号」が存在しており、これがまた利便性がある（やはり、東もつかい勝手がよかったようだ）。たとえば、「明治文学」だとか「大正文学」とかを一区分の年代記としてもちい重宝している。

しかし、「昭和文学」はやっかいである。アジア太平洋戦争をはさんだ、前後昭和期の成立事情にちがいがある。そのことから、国家の評価観にまでおよぶことになる。ぼくの場合は「戦前昭和」「戦後昭和」と表記し、上記肝心要の問題をつかいわけ年代記を説明することにしている。このことは天皇制を軸にかんがえればもっともはっきりするし、現に敗戦後の戦後文学は、こうした問題をぬきにしては成立しなかった。ぼくには、そのことが「源流」をかんがえるときのひとつの起点になる。否、絶対条件となるのである。

だが、この自明とおもっていたその条件が九〇年代以降、現在は条件にならない事態がいっぽうにある。「ゼロ年代」というカタカナ表記を目にしたことがあるだろう。この西暦二〇〇〇年代の初年から一六年を、東浩紀編集の雑誌『ゲンロン4』(二〇一六年十一月)に共同討議、題して「平成批評の諸問題」が掲載されている。そこでの、東のモチーフは元号のくくりをしたうえで、西暦〈一九七五年以降の批評史の総括〉にある。年代表記の使いわけをしていた。

そして、この文脈からは佐々木敦の〈問題はその対抗軸にあたるもの、つまりわれわれが批評や思想と呼んできた伝統が、いまや空洞化し、だれにも求められなくなってしまっている〉、といった発言がとびだしてくる。この言説をうけた東は、こういう――〈ひと言で言えば、批評や思想がだれのためになにをやっているのか、書き手も読み手も編集者もわからなくなっている。〉、と。そのつづきが〈かつてはそれが「左翼」ということでなんとなく目的があった気がしたのだけど、いまやそれが維持できない。〉とあって、〈批評や思想〉の〈対抗軸はガタガタになっている。〉と、かれの結論であった。

ところで、「源流」の心性は一義的でなく、ひとつだけの決定論はない。そのことを、平成の批評をろんじる共同討議をよみながら世代間によってことなる規定を、ぼくは再認識した。時代思潮がどうであれ、ぼくは佐々木や東がいうようにはガタガタの対抗軸を放棄していないからである。それがカッコつきの左翼であるのかサヨクか、あるいはまた別のものになるのかどうかは、いまはおいておく。

「思想」や「批評」は循環的な作用を目的に存在するのではなく、ひとりの人間のなかで持続しているものであろう。あらためて表題「わが詩の源流」をながめてみたときの、勘所である。もう一冊、近著『吉本隆明　わが昭和史』（ビジネス社　二〇）をとりあげ、「源流」についてかんがえてみたい。このことは、「わが詩」と連結してくる。念のためだが、近著とある本は吉本自身が編集したものではない。しかし、ひとりの人間独自の「思索」がジグザグに継続し存在することは、この一冊がよく物語っている。「昭和」という時代が、かれには自画像をうつす鏡であったからである。

そのかれが世代の断絶により一九六〇年代の人物として忘却されたことについては、九四年の評論「わが『転向』」のなかでみずからがかたっている。思索の基盤を「農村と都市」「農業と工業」においた枠組が〈六〇年から八〇年の間のどこか〉で機能不全におちいった、と自戒していた。この年代記にたいする直感は、九四年の回想としては率直な所感であったにちがいない。戦後文学のオーガナイザーが、その戦後という時代のおわりを意識していたからにほかなるまい。このことが一般には、戦前昭和の戦時体験を無効とする「兆候」であった。「平成」の文学状況はこの時点と密接不可分にむすびついているので、ぼくには看過できない仕儀であった。

というのは、ぼくが現代詩に今日のようにふれることになったのは、文学者の「戦争責任」の問題を展開する吉本論文をよんだ結果であった。五六年の武井昭夫との共著『文学者の戦争責任』(淡路書房)をよむのはあとになるのだが、六三年の『抒情の論理』(未来社)一冊は二十歳まえ、十代後半のぼくには運命的な書物であった。批評と思想と、そして詩とが直線ではじめてむすびついたものだからである。なかでも文学と戦争責任を関係づけた論理「『四季』派の本質」は人間倫理の問題にきりこんだ文章として、ぼくには創作のうえでまもるべき根拠となった。

今日、「理論」とか「倫理」がもとめられる時代ではないらしい。そんな「ゲンロン」世代の討議をよみながら、戦後詩をかんがえ「源流」をおもいかえしてみた。戦前の「昭和」という体験からついに解放されることのなかった吉本隆明、そしてそのかれの呪縛により戦後詩に倫理性をみいだすことになるぼく。その理論構築といえば、戦争責任の対概念となったあのクロニクルから、ぼくはいまでも自由になれないのだ。詩作でも、意識の底でからみあっているのである。

その2

後日譚である。評判になっている千葉雅也の講談社現代新書『現代思想入門』（二〇二二）に目をとおしていると、ポスト構造主義は〈デリダの死をもってフランス現代思想の黄金時代は幕を閉じたと言ってよいのではないかと思います。〉との記述にであった。現在はその死、二〇〇四年いごになる〈次世代の時代〉の「ポスト・ポスト構造主義」にうつっているそうだ。メイヤーら弟子にあたるひとたちの読みなおし（門外漢のぼくには修正というよりたんなる猥雑だ）がはじまっているとのこと。だからおもったことは、日本の八〇年代の「現代思想」にまつわる熱狂についてである。となりの芝生の庭をかりて、どんちゃん騒ぎの喧騒のあと、いまはその跡形もない。やはり、となりの芝生はうつくしかっただけなのだろうか。

もちろん、皮肉なんかではない。「思索」するとはどういうことなのか、ということである。というのは、東浩紀の時評集『忘却にあらがう（平成から令和へ）』（朝日新聞出版 二〇二二）におさめられている『文藝』一九年夏季号の「平成という病」をよんだとき、八〇年代当時のポスト構造主義の流行をおもいだしてのことであった。さらには、この「現代思想」が戦後詩（戦後文学）の息の根をとめ消滅につながる（と、そうもいわれている）からである。

それでは、かれの半生とは。――〈昭和天皇が崩御したとき、ぼくは一七歳だった。いまは四七歳だ。平成はそのあいだの三〇年を占めている。つまり平成は、ぼくの人生の知的で生産的な期間と完全に一致している。〉のであった。そしてまた、その〈平成の評論家〉は〈空回りを繰り返して四半世紀を過ごし〉、新元号の令和では〈社会をよくすることなど考えず、（…略…）もう偽りの希望はうんざりだと、平成という病を生き抜いた四七歳のぼくは心の底から思っている。〉と結句、おもうヒトであった。その詳細は「平成という病」にゆずり、いまはおく。

そして、ぼくは二つのことに注目した。ひとつは、〈かつて日本には未来があった。平成の三〇年は、祭りを繰り返し、その未来を潰した三〇年であった。〉と、総括していること。欧米でいうワン・ゼネレーションにあたる三十年である。さらにその間を三つに、〈改革の九〇年代（平成ゼロ年代）からリセットの二〇〇〇年代（平成十年代）へ、そして祭りの一〇年代（平成二十年代）へ。〉と、わけていること。この区分は、ぼくにははじめての知見であったが、興味は平成ゼロ年代の九〇年にあり本書のモチーフのひとつである。

もうひとつ九〇年代を、〈情報技術革命の初期にあたるが、（…略…）当時の日本は、まだ楽観的な未来を信じることができていた。〉といっているが、後半の印象はぼくにはなかった。それは、世代間によるズレということだろうか。だからこそあたらしい意味がうまれるのだとして、九〇年代の〈昭和期の制度が次々と解体されることになった。〉とある世のなかの出来事については、戦後詩をかんがえ現代詩の動向をみてゆくうえでは、やはり本書における基底のモチーフにあたるのである。

さて、東のエッセイ集が薄味なのは、雑誌『AERA』掲載のみじかいものだからということではないだろう。ただ一七年から二二年の、平成から令和にかけての事象をかたっていることとの意義はある。本稿「その1」でとりあげた一六年の、雑誌『ゲンロン4』による共同討議がおこなわれたのは前述区分の「祭りの一〇年代」にあたっていたことは、意味深だ。八〇年代の近代思想の後継者ともくされ、またそのとおり批評活動「思索」を〈時代と完全に共振し〉つづけてきたのがかれであった。だがしかし前記、かれの絶望感といったらよいものは、ゲンロンの共同討議にもあらわれていたのである。

その3

別件の話になる。改革の九〇年代からリセットのゼロ年代、東浩紀は〈世界を変えられると信じていた〉そうだ。その理由は、〈当時の日本は、まだ楽観的な未来を信じることができていた。〉からである。もしかすると、「思想」にも寿命があるのかもしれない。前述、千葉雅也の言説によれば、本場フランスでは〇四年いごは〈次世代の時代〉の「ポスト・ポスト構造主義」にうつっている。ちょうど、東の「ゲンロン」運動とかさなっている。そして、日本社会は経済面でも政治面でも、かれはうらぎられた。それは、平成さいごの十年、「祭りの一〇年代」のことであった。

ところで、ヒトが〈楽観的な未来を信じる〉ことができるのは、なぜなのだろう。ノンフィクション作家の前田和男は、九四年刊行の『全共闘白書』（新潮社）と一九年の『続・全共闘白書』（情況出版）の二冊を編集編纂した経験から、こんな推測をしている。

——《広義の全共闘体験者は50万人はくだらない。》と。

かれら団塊の世代は〈700万～800万人〉。そのうち、学生らは〈150万～160万人〉。そして、〈筆者の肌感覚では、少なくともその3分の1は全共闘運動にシンパシーをもって参加していたのではないか。〉と。——

ここで「全共闘体験者」をとりあげるのは、東の世代のまえにも存在した〈楽観的な未来を信じ〉た時代を話題にするためである。

「全共闘」とは六八年、パリにはじまり世界の各地でおきた若者の反乱からうまれた日本での学生運動であった。はじめ学費値上げ反対の運動が政治運動となり内ゲバにより、悲劇的な結末におわったのがその後の全共闘運動であった。新左翼の過激な政治活動につい目がむけられがちだが、とうしょの学園民主化闘争は、社会の変革と公正な社会の実現をもとめる社会正義にねざした運動であった。運動にくわわった上記学生たちが、すべてマルクス主義者であったり革命者などではなかった。〈楽観的な未来を信じる〉若者たちといったほうが、ぼくにはまだ間尺にあっているのである。東がそうであったように、人間とは変革と未来への希望をもって生きようとするものだからである。壊滅的な戦争を体験した戦後文学者の根底もおなじであった、とぼくはかんがえている。本書においても、ゆうりょくなファクターのひとつである。

そして、ぼくはこうも考えようとおもうようになった。

前田の文章とおなじ*Journalism*（朝日新聞社）の特集「左翼はどこへ」に、政治思想史専門家の仲正昌樹もかいている。歴史（唯物史観）の発展を、――〈これから最終ステージである社会主義・共産主義社会へと向かおうとしている、という。次のステージへの移行の決め手となるのは革命である。〉と、解説がある。〈楽観的な未来を信じる〉その根拠は、〈「唯物史観」は歴史の発展法則であると同時に、人々に自分たちがユートピア実現に参加していると感じさせることのできる、壮大な物語〉にあった、と。

この〈壮大な物語〉は、全共闘運動をささえる感情だったのかもしれない。そうはいっても、「社会正義」と「唯物史観」はおなじものではなく、運動にかかわった学生はマルクス主義者だけではなかった。唯物史観の定理といった網の目だけでは、すくいとれない若者がいた。『全共闘白書』の、とくに続編がウォッチしたほぼ半世紀後のかれらはそのことを物語っている、ということがうかがいしれる。だから、長髪から短髪にきりかえ、ヘルメットとゲバ棒をすて企業戦士に豹変したといったふうなステレオタイプによって揶揄する世の常識は、たんじゅんに誤解である。唯物史観の定理だけで網をかぶせるのは、やめたほうがよい。そして、東の文章表現も、かなりびみょうである。ヒトは〈楽観的な未来を信じる〉のでなく、また《楽観的に未来を信じる》というのも『全共闘白書』二冊のアンケートの回答をよむと、ともにちがうことに気がつくことである。

そこで、敗戦後に時代の社会問題にむかいあった戦後詩が後退（途絶）したかのようにみえる――（『ゲンロン4』の〈一九七五年以降の批評史の総括〉とある起点は、そうした事態を想定している）――、その理由をかんがえてみてもかんたんには結論にいたらない。過激化した全共闘運動のなかからおこった、いわゆる連合赤軍リンチ事件は、そのひとつかもしれないが頸木のすべてではありえない。あるいは、日本では構造主義だとかポスト構造主義によった「現代思想」が、欧州発の「近代知」を後景におしやったというのではあまりに乱暴すぎる。とにかくヒトは、そんなたんじゅんに変わったりはしないからである。

じつは、ぼくがサルトルの五二年刊行、五八年改訂の著作『文学とは何か』（二八版）をよんだのは、六〇年代なかばになってからのことだった。また、六二年にレヴィ＝ストロースが『野生の思考』のなかで近代知の代表サルトル批判をし、構造主義が表舞台に登場したなどといった話題は、ぼくには後智恵にすぎなかった。しかも日本で「現代思想」が流行したのは、八〇年代にはいってからのことであった。そうした体験はぼくだけのことかもしれないとしても、とにかく一つひとつの課題にむきあうことをつづけてみることだ、とおもっている。本書をだす理由である。

参考文献

東浩紀著『存在論的、郵便的（ジャック・デリダについて）』（新潮社　一九九八年）
唐木田健一著『1968年に何があったのか（東大闘争私史）』（批評社　二〇〇四年）
佐々木敦著　講談社現代新書『ニッポンの思想』（二〇〇九年）
千葉雅也著『動きすぎてはいけない（ジル・ドゥルーズと生成変化の哲学）』（河出書房新社　二〇一三年）
Jounalism no.390（朝日新聞社　二〇二二年）中、前田和男「『全共闘白書』30年の軌跡〜怒れる老人たちの『今や最後の闘い』」　仲正昌樹「左派が失った大きな『物語』　救いを求める人々の向かう先」

都市風景、そして八〇年代の詩へ——地方からのメッセージ

はじめに

スクランブル交差点に、仕組まれた「通りゃんせ」が鳴る。貧血したオルゴールに合わせて、きっちり計算された歩幅と歩速。その中で座りこんではいけない。くつろいではいけない。ただひたすら渡らねばならない。訓練された牛の群のように、一歩踏みこんだらもう戻れない。

この詩はラ・メール選書5の國峰照子詩集『玉ねぎのBlack Box』（一九八七）に収録の「ス

クランブル交差点」である。そして、かの女は第四回ラ・メール新人賞を受賞。國峰については、かつて「言葉の狩人」（のち、翰林選書『現代詩人』に所収）を『地上』1号（一九八八・三）にかいたことがあるのでくわしくふれない。いまでも群馬の高崎在住で、言語遊戯を軸に作品をてんかいする今様詩人とだけ紹介しておく。引用詩は、その範例になる。

ぼくたちは、「スクランブル交差点」という都市のなかの目ぬき通りを象徴するトポスに一歩ふみこんだら、利便性という合理をおしつけられて、現代という時間に支配されいきてゆくほかないのである。スクランブル交差点のもつメタファは、詩人の表現にあるとおり、「モダン」今日を定義する。そして、このことは首都東京であれ地方都市であれいずれの場合も、今おきているさまざまな出来事のうちのほんのいち例をあらわしているにすぎない。だから、地方の現代詩人がどのような詩をつくっているのかという点、地方にすんでいて一九八〇年代の「現在」をどのように表現しているのかという点を、本稿では整理することとし、結局、「都市論」を視野にこんにちの都市化風景とでもいったものをまとめてみようと、ぼくはおもったしだいである。

郷愁としての風景

一九六〇年をはさんで前後十年ちかく、国文社からピポー叢書が刊行されていた。何巻まで発行されたのかくわしいところはわからない。ただ、宮本一宏の『九州の近代詩人』（国文社　六四）の巻末広告には、七十二巻までの詩集が確認できる。何巻まででているのかということは、いまは関係ないのだが、ピポー叢書が刊行されていたころ、とくに一九六〇年というのは、日本の戦後をかんがえるうえで歴史的にじゅうような結節点にあたる。いうまでもなく、それは日米安保改定の年であり、戦後復興がおわり高度経済成長期につっていく年である。いま、この点についてはとりあえずおくとして、六〇年までのある傾向の詩を、いくさつかのピポー叢書のうちからぬきだしてみようとおもう。いろいろな職業の、そしていろいろな地域の詩人によってだされた叢書ということで、敗戦後の日本の、そのシリーズのきょうみはかくべつにつよい。

そのひとり大木実に、「冬」という詩がある。

ひとしきり騒いだあと
子供たちは叱られた
叱られて並んで眠った

子供たちが寝たあと
電燈をさげて母は繕いものをした
時計をみて冷えた汁をあたためた

夜業の父が帰ってきた
――子供たちは
――郵便は
言葉すくなく食事のあと
咳をしながら　父は白い粉ぐすりをのんだ

この詩は、叢書の40『天の川』（五七）のうちの一篇である。戦後のある時期まで、日本のどこにでもあった光景がこの詩にはある。蛍光灯ではなく電燈のしたで、この母親は、たぶんかっぽつな子供の服かなにかのほころびかやぶれをつくろっているのだろう。つかい捨てのバーゲン商品とはえんのない時代の風景がある。そして、夫の帰宅時間をみはからって、二度めの食卓をととのえる。冬の三交代勤務をおえた、労働者の夜中は戦後復興期のある時期まで、このような生活が普通だった。モノクロ映画のシーンを見ているようでいて、しかし父親を中心にした家族「近代家族」のすがたがいかんなくつたわってくる詩篇である。ぼくには、このような資本主義化された労働者社会とえんがあったので、今はただただなつかしい。

なつかしいということでは、除村一学の叢書の45『青かび』(五八)中、「新しい田んぼ」もおなじである。

あぜ道や土手の上を
はしゃいだ子供たちが渡りあるく
「とれるぞ　とれるぞ
ふなやどじょうが
たまにはこいやうなぎだって………」

もうしらさぎが一羽　田んぼにおりている
「しらさぎさん
友だちをみんなつれてきな
おれたちの村にも　こんなにううんと
田んぼができたんだぞ」

この詩は食糧増産のためだろう、開墾された田圃という題材は戦後の国策を反映しているのである。そのよろこびが子供の世界にまで影響をあたえていた。減反政策やあるいは化学肥料によって生物を死においやった、こんにちの農地の荒廃を予想することのできなかった時代が、この詩にはある。農村の変貌をおもわざるをえない、そういう効果がいまだからこそあるのだ。農村の変容が経済政策変更のいっかんによってもたらされたことを、知らないヒトはいない。

村のはずれで
乞食芝居のひと踊り
雨があがって
虹が農夫達の顔を
化粧する
（第二番）

もしも「新しい田んぼ」のような農村風景があったなら、こんな行事だってあるかもしれないと、今はそうおもったりもする。この古橋朝太郎の詩「秋のセレナード」（『夏とざす』国文社　六〇）全体は、除村の詩とは異質のテーマでかかれているが、農村というかつての村のなかでならありそうな祭事だということである。もうすこしいうなら、都市化でその領分をうばわれたいまの農村にはおこりようのない話だ、ということなのだ。今日の大都市にはホームレスといわれるあらたな階層のヒトたちは存在するが、〈乞食芝居〉をうけいれるような共同体はもうどこにもあるまい。このことは、変容した時代のひとつの現実なのである。だから、この詩がぼくにあるおもいを、本稿のモチーフを構想する機会となったことは、めぐりあわせとして貴重であった。

ピポー叢書のなかから農村を題材にした詩をもう一篇ひいてみたい。林金太郎の叢書の59『河原煎餅』（五九）のなかの「秋のこころ」がそれである。米の収穫が秋の長雨で、不意の不作におわる——〈新聞では四年連続の豊作と／書き立てるが単なる社会政策であった／結論は不作／めくら滅法多収穫の競争をやった罪で／県民の今後の仕事は／雨に強い倒伏しない品種を／作り出そうということである〉とあるのだが、国策にいかりをあらわさないのがぼくには不思議である。まあそれはそれとして、社会詩風の詩でもあり、また土にいきる農民の心情をみてとればよいことではあろう。

しかし戦後、六〇年までをしろうとするとき、つぎのリアリズムはみごとな記録となっている。上記の引用につづく詩句である。

子供達は凧を上げた

屻の子供達は稲架の陰をとんだ
屻は稲架の上にも陰にも動いて
尻っ尾と足をふんだ
そこに秋風があり
秋の日ざしがあった
さつま芋の畑には大きな芋がついていた
蜘蛛は蜘蛛の囲いを一方しか
止めておかないから
幾本も幾本も
白い囲いが林の中にも
街路の上にもぶらさがって
太陽の光線にひかった
蜘蛛はそれによって
何をしようと企てるのであろうか

秋の長雨のせいか、自然のリズムに異変がおこったのであろうか。稲の不作と芋の成長ぶりが例年とちがったのであろうか。それともふかまる秋に、作物はいつものようにおおきくなったというのであろうか。そしてまた、蜘蛛の巣づくりはいつもとちがう。そんななかでも、子供の凧あげはかわらない。このような農村風景は、高度経済成長のはじまるつい最近まではあったはずなのだ。

そう、一九六〇年をさかいにきえてしまった日本の風景を、ピポー叢書の詩集にさがしてみたのである。このことはなつかしい風物をただなつかしもうと、とりあげたわけではないのだ。それは、まず第一に現在の地方在住の現代詩人がなにをとらえているのかをはっきりさせるために、過去の詩篇にさかのぼってみたのである。つぎに、そのことは地方の問題をかんがえるゆうこうな手立てになると、そうかんがえているということなのである。

都市化風景と「文化」

そこで、「地方」の問題をかんがえようとするとき、こんにちの情報化社会といわれる時代ではメディアの存在を無視してはなにもかたれない、というのがほんとうのところであろう。たまたま、十月三十一日付け『朝日新聞』（一九八八）の「メディアの顔」欄に、きょうみあるインタビュー記事が掲載されていた。愛知県をちゅうしんに人口約二千万の地域をカバーする放送局が、紙面の小見出しでもある「なぜ東京で番組制作」をするのかとの疑問にたいし、東海ラジオ東京支社営業部の部長がインタビューにこたえている。地方局の回答は、リード文の「『タッチの差』の早い情報への要求」にあるのはたしかで、地方がどのような立脚点から東京に目をむけているのかがよくわかる。

この記事にもうすこしくわしくふれると、東海ラジオが東京で番組を制作するのは、さまざまな分野の最新情報を聴取者にすばやく放送できるからである。聴取者が東京の情報をもとめており、結果として、東京での流行は地方へ波及してゆくことになる。しかも利便性ということでいえば、東京は関係者のラジオ出演がかんたんにゆくのである。また東京の天気などでさえ、ナマ放送をきいているヒトには関心があるのだそうである。このようにまとめてみると、東京という都市のそんざいのおおきさに、あらためておどろいてしまう。

にもかかわらず、あわせて〈東京制作が増えても、地方局の特性が薄れるということはありません。〉という発言もある。つまり、こういうことのようである。東京の話題ならなんでもいいのではなく、〈地方の視点から地方の切り口で〉聴取者の要求にこたえている、ということのようである。しかし具体的には、岐阜にいてマイケル・ジャクソンのコンサートをみにゆけない少女にその雰囲気をつたえたり、セイコ（歌手の松田聖子）のブティックのようすをつたえそこのグッズをプレゼントするといった話題からは、地方の独自性がせんめいにいいあらわされているとはおもえないのである。せいぜい中日ドラゴンズの郭投手の故郷台湾取材が、記事のなかで東海地方ということとのかかわりをもつていどである。

地方の現状をかんがえようとして、『朝日新聞』の記事をよむかぎり、かなりやっかいな問題につきあたってしまう。地方をかたる側がどこまで地方という地域をつたえているのか、疑問がのこるのである。この記事のキー・ワードは「地方」になく、東京にほかならないのだ。〈地方〉〈情報社会〉〈メディア〉のつながりは、東京という都市によってひとつらなりになっているのである。ようするに、こういうことになる。文化の大情況は東京化が浸透している、ということを物語っているのである、と。八〇年代は「東京」という都市を舞台としてかんがえることが、流行りだった。『朝日新聞』の記事は、おおきな影響力をもつメディアが東京にむいていることを如実にしめしているのである。またそれだけではなく、東京文化圏以外の文化はいまどのようになっているのかという問題についてはふりだしにもどっている、ということをつたえているのである。

このような問題を現代詩の現状といっしょにかんがえるのは、ぼくは、じつは今年、一九八八年の十月一日に昭和文学会の例会で「地方における現代詩人たち」という報告を発表したおり、四点の提案のひとつに現在の地方をどのようにとらえるのかという論点をもうけたことと、同時にそのことが論旨全体の前提条件にもなっていたからである。そして、出席者の「地方」にたいする認識がすくなからず紛糾の種となったことは、この問題をいっそうこだわりつづける理由になっているのである。

ところで、ぼくのかんがえが地方の位置づけについて、基本的に東京を発信源にした文化の地方への蚕食といった、都市から農村へといった一般論に、あるいは東京から地方へといった状況論にとらわれていたことはみとめてよいとおもう。いうならば、このかんがえの特徴は文化の擬似東京化というところにあり、農村をふくめ地方の都市化する風景を「文化の現在」と位置づけることになるわけである。だからだ、『朝日新聞』の「メディアの顔」欄にきょうみをもつことにもなり、記事のなかの〈地方の切り口〉が東京の情報を選択することでしかないことに、地方の都市化する風景ということをつよくかんじ入ったのである。

たとえば、つぎにあげるような詩の光景をなつかしくおもいだし、苦笑をもらすヒトがいるはずだ。

踏切で
肥桶の底が抜けた。
あわてた百姓が

たちのいた一瞬
レールを浸してひろがる
液体の面を
轟音もろとも擦過する
京都――大阪ノンストップ
特急・テレビ・カー
スクリーンに
惨烈なボクシングの映像を
むすんで。

この詩は、井上俊夫のH氏賞受賞作『野にかかる虹』（五六）のなかにある「電車」である。私鉄の目玉〈特急・テレビ・カー〉と〈肥桶〉のくみあわせ「都市／地方」を、今日ではみることはできまい。地方ということを誤解しているかもしれないのだが、つまり、このことがぼくの地方観なのだ。ようするに、〈地方の切り口〉の一端とはこのような都市と二項対立する地方の姿なのだ、とぼくをつよく支配しているのである。

しかしこの構図には、なにかたりない現実のあることも気になっている。〈特急・テレビ・カー〉のいっぽうの〈肥桶〉は、この時期には日本中どこにでもあったからである。

東京が汲みとり式から水洗便所にかわるのは、オリンピックの年、一九六四年ちかくまでかかっていた。ぼくは東京「大田区」のお百姓さんが、汲みとりのお礼に野菜をおいていったことを、まだきのうのことのようにおぼえている。けっして、汲みとり料をとられたのではない。ということは舗装道路に高層ビル、そしてマンション生活にだいひょうされるような都市化する風景の出現は、ぼくの体験のなかではそんなにまえの話にぞくしていないのである。ただそうではあっても俯瞰してみると、ぼくが東京にかんじた「地方」というものは、けして地方そのものでない。とうじ地方から集団就職列車で上京する東京映画のニュースシーンは、都会の存在をきわだたせていたのだから。

昭和文学会の例会では、たとえば六〇年以前の詩として、おなじ井上俊夫の「乳房」をしょうかいした。「電車」とおなじ詩集のなかの一篇で、大阪寝屋川在住の農民詩人の作品である。近所のひとたちにもらい風呂をすすめたあと、さいごののこり湯につかる農家の主婦の、たぶん詩人の妻とおもわれる女性のつかれをいやす姿に、自然と一体化したゆうきゅうの時間をかんじさせる詩である。その詩の題材とともに、なによりもある時期までの日本の感触をふかい詩精神としてよくとらえていたのである。ひとつのある日本の姿について、まえにみた大木実の「冬」にあった共同主観と「乳房」のそれとは精神性に共通の根があるという、そのことについてかんがえさせられたのである。

だがしかし、『朝日新聞』の「メディアの顔」欄をよむかぎり、現在、八〇年代はやはりちがうのである。その印象が、ぼくの現代詩の状況をかんがえるときの出発になっているのである。そこには一九八〇年代の「今」モダンをみとおしうるとする展望が伏在しているると、つねづねおもっていたことである。社会の変容という渦が存在する。

「思想」から「言語」へ、八〇年代の詩

今日の「地方」の状況のなかに、一九八〇年代の「現在」の縮図をみてとろうとするのは、ひとつの偏りのあることは昭和文学会の例会で話題になった。その討議のなかで、地方には東京中心の文化とはことなる独自なものがあるという論がだされ、そうした意見は地方の都市化する風景のなかにあっても、なお地方文化を発掘していこうとする立場をとるものであった。地方はつねに「地方」であるというかくしんに貫かれていたのである。ではどのような詩がこの立場を表現しているのかということについては、討議の場では具体的にならなかったのが心のこりなのだが、地方の側から一九八〇年代の「現在」をとらえかえすゆうこうな手立てがあれば、ぼくらのいきているわかりにくい昨今の全体像があきらかになるかもしれないという可能性までを、ぼくは否定するつもりはない。

この視角を、作業仮説とすることはそれとして、「地方」の状況が擬似東京という都市

化する風景にあるということについて、もうすこし話をつづけてみようとおもう。
昭和ひとけたではなく、そして学童疎開の体験はなく、団塊の世代かそのちょっとまえの世代は、都市化する風景の過程を身をもって体験していたようだ。敗戦の翌四六年、前橋生まれの松本健一は、『死語の戯れ』（筑摩書房　八五）のなかで風景の変貌をつぎのように論じる。

おもうに、近代がわたしたち日本人の生活の全き前提となったのは、一九六〇年代の高度成長以後のことといっていいであろう。それまでは、中央と地方、都市と農村という対比は、画然としていた。それが、急速に対立構図を溶解し、地方のすみずみまで、銀座通りができ、スーパーマーケットが入り込むようになったのだった。そしてここでは、地方という言葉それじたいが、内実を失なってゆくのである。

（「風景の変容」）

かれのいう〈近代〉は戦後昭和と同義語で、〈「昭和」という時代は、わがくにがその近代化の矛盾をあらわにしつつも、なんとか近代を完成していった過程だ、と考え〉ているのである。また、松下圭一が八一年の『中央公論』九月号に発表した「都市型社会と防衛論争」を参考にし、七〇年代末以降、いままでに経験しなかった都市化する風景の出現と都市文化の流行を、かれは実感していたのである。

このことはかれにとって、著作の表題にある「死語の戯れ」を論じるためのほんのとば口にすぎず、都市化する風景の現象を、全編にわたってたくみに論理化している。いまはこれいじょうくわしくはふれえないのだが、そのひとつの例でなら「故郷」「母」「村」「家」といったコトバは、〈高度成長期のメルクマールである一九六四年を境に、次々と死語化し〉(「死語の戯れ」)、都市化する風景のなかでは根のないコトバになりつつある。だから石川啄木や萩原朔太郎の、そうしたコトバによってつくりだされた〈近代〉の普遍的なドラマは日本からきえる運命にある、と結論づけるのである。

ぼくは、松本の体験をおなじ世代の人間としてしたしみをもってよんだ。そして、一九八〇年代の《現在》、都市型社会＝都市風景のなかでどんなことがおきており、しかもそのことを詩人がどのように表現しているのかという時代の結節点に注目してみたい、とおもったことである。

たとえば、昭和ひとけたうまれの谷川俊太郎の詩集『定義』(七八)に、「な」という風がわりなタイトルの詩があり、その詩篇はつぎのような書きだしである。


十月二十六日午後十一時四十二分、私はなと書く。なの意味するところは、一、日本語中のなというひらがな文字。二、なという音によって指示可能な事、及び物の幻影及びそこからの連想の一切。即ちなにはなに始まり全世界に至る可能性が含まれている。三、私がなと書いた行為の記録。四、及びそれらのすべてに共通して内在している無意味。十月二十六日午後十一時四十五分、私は書いたなを消しゴムで消す。なのあとの空白の意味するところは、前述の四項の否定、及びその否定の不可能なる事。即ちなを書いた事並びに消した事を記述しなければ、それらは他人にとって存在せず従ってその行為は失われる。が、もし記述すれば既に私はなを如何なる行為によっても否定し得ない。なはかくして存在してしまった。十月二十六日午後十一時四十七分、私は私の生存の形式を裏切る事ができない。言語を超える事ができない。ただ一個のなによってすら。

実は〈な〉の文字、つまり今日、ある記号はとくていの事物をささないことが言語学の条理で、〈な〉の音声もほかの文字の音声との差異によって、その識別を可能にしているにすぎず、とくにはじめの段落の主張には異論がある。ソシュール風にいえば、言語は対立する記号のシステムにすぎない、ということになる。〈十月二十六日午後十一時四十二分〉いかの段落は、いえば疑問をふくむものなのだが、しかし、詩人のいうイメージ論を言語の原則によって否定しえたとしても、それはたぶん創作結果の成否とは関係しない話にちがいないのであろう。詩人のいう「創作」というものは、そういうものだ。

そのことよりも、この詩の結句は、なんと潔癖なことであろう。〈言語を超える事ができない。ただ一個のなにによってすら〉とある、詩人がひとつの記号によってきりとられた存在以上のものでないことを、みとめたことについてである。ぼくは、このことを八〇年代にむけたひとつの徴候――言語遊戯の徴候であった、とかんがえている。谷川がたとえば、「才能」といった主体の形而上学「西洋近代」をもちださないのは、あたらしい詩状況をぬきにはかんがえられないことである。つまり「大きな物語」――「神」はむろんのこと、「真理」とか「理性」がとじられ、言語を差異のシステムとして取りあげていたからである。だから、かれの著作『定義』は、その意図がはっきりでた詩集であったことになる。そしてその後に、ひらがなだけの詩集『はだか』（八八）のうまれることは、じゅうぶん予想できたことなのである。

ところで話はかわって、小山和郎は三二年、谷川の一年あとにうまれた群馬の伊勢崎在住の詩人であり、そしてかれはまた、根っからのコトバの語り部であった。「ＳＭ物語」（『東国』66　八八・八）というタイトルの詩では、ふくすうの煙草の銘柄をもちいて、つまり記号の差異のシステムによって〈私の幼年〉時代を異化する。しかもさり気なく、しかしこうみょうに物語世界「ナラティブ」ではなく、コトバ遊びの遊戯にぬりかえてみせた。

煙管を二度叩くのが癖だったおばあさんのは萩で
うらのお妾さんの駄賃はあやめのおつりだった
おやじは朝日の吸口をぐしょぐしょにさせ
客用の火鉢は朝毎灰ふるいを欠かしたことはないのに
敷島　暁　響などが
いつのまにか隙間ないほど逆さまに突き刺さっていて
私の幼年はいつでも煙霧に包まれていた

そのうえ、「ひとには苛酷に私には甘美に」という人をくったサブタイトルつきだが、けいみょうなのはつぎの詩句――コトバ遊びである。

英和辞典をみんな煙にしてしまったという昔噺は
両切り用に刻んだだけの葉がのぞみという名でうられ
憐れな〈希望〉を敵国の言葉に包んで吸っていたせいだ
もっとも
その頃には自由販売は終焉して全部配給に変わっていたから

かんがえてみれば、いくらでも「悲劇」を演出できる戦争体験という対象を、意表をつく形にきりとる〝説話〟も、この詩人の言語遊戯である。この間、おなじ世代の谷川と小山が言語にかかわる話題を詩に書くのは、戦後思想の変化をもたらした六〇年代とはちがった、八〇年代における「表現」のまがり角を暗示している。八〇年代のあらわし方が都市化する風景の様態と無縁でないということと、かれらの世代にたいしてもとくべつの感慨を、ぼくはつくづくおもったものだ。松本もそうであったが、ぼくが「地方」にこだわり、戦後のある体験にとらわれ、近代日本の六〇年代までのカタログをながめるまなざしは、その後八〇年代のいまは解体したものを発見してみたいという、一種アンファンティリズム（退行願望）の裏がえしではないかということについてである。だから小山のように、かえって現代詩や思想をかたるなかでつかいなれ制度化した言語を隠蔽する言語遊戯は、ひつようなのだということになる。

あるいは、小山のゆき方はかれだけのものではなく、現代詩のいまや常套手段だというのは、そのとおりなのだろう。だが、しかしいうのは簡単、おこなうのは難しで、「あいづち」（『東国』58　八六・七）のきりとった物語「ナラティブ」はかれ一流のコトバ遊びいがいのなにものでもない。

あいづちを聞くと　その世代がわかるという話をきいていた

「え！」というなら十代で
「ウソ！」とくれば二十代なんだ
「ホント!?」が三十代ってわけかというと
目が笑ってうなずき
「なるほど」が四十代なのだという

じゃあ五十代はなんと言うのだと訊くと
それ以上は流行とは関係ないさ
喋っていた男は急に真顔になり
意にそわない収束を
冷えた酒と一緒に呑み込んで慌しく帰っていった

剝がしたいと思っていた生活が
そのままの形で皺になり

店の隅で渦を巻いている夜更けの酒場だった
なるほど！（こいつも49歳までって訳か！）
知命を過ぎたら飽かずに昔を語っておれということかも知れないな

引用した部分は詩篇全体の三分の一で、このあとに五十代の詩人のモチーフにつながるおもしろい〝説話〟を物語るのだが、いまは表現にかかわる話題にとどめておく。なぜなら、コトバにまとわりつく伝習を逸脱する、表現のスタイルがつたわることでじゅうぶんだからである。そして、ぼくは「あいづち」を読みながら、戦後社会が変容した八〇年代はやはり八〇年代の《現在》だけのものでしかない、ということをかんがえてみたりしたしだいである。

嫌いというわけではないのだが
あいづちのうちようもなくなった世代としては
その在りようにはこだわらずにはいられないのだ

と。

都市風景を舞台にした八〇年代

ぼくのまわりで、一九八〇年代の都市風景を表現している詩人の関口将夫の仕事を紹介して本稿をとじたいとおもう。

かれは毎月一回、タウン紙『GUNMA 街からの通信』に詩と挿絵を発表している。そのタウン紙は発行元を高崎市におく情報紙であり、八ページの紙面には映画、演劇、歌謡ショー、一般催事などの情報を掲載している。そもそも、情報紙（誌）とかタウン紙（誌）は都市風景そのもののカタログで、都市文化流行の広告媒体となっている。

かれの詩と挿絵はタウン紙の表紙になっていて、またそのコラボによってテクスト化する紙面づくりになっている。かれは高崎在住でもともと画家が本職ときいているが、その詩は絵画的な手法をとくいにしている。ぼくが、かれの特色をさいしょにかんじたのは、つぎにあげる『東国』53（八五・七）にけいさいの「平日」であった。

紙袋が轢かれた
夕暮れの路上で

凪に脹らんだ空の紙袋
運転者は
ハンドルを握ったまま
おもわず尻を浮かしたはずだ
ものの突きあげのない
空の紙袋に
浮かしたはずの尻の行方は
日常の日めくりの
六日とか十二日を
はぎとる仕草に変え
平日を走る

そして、さらに家常茶飯はつづく。

はあちゃんのとなりに
あじさいの花が咲いている
はあちゃんはとなりの娘で

そのとなりは
うちのなっちゃんで
と話す男のわきで
菊の花と線香のけむりと
運転者の浮かした尻がゆれていた
と噂しながら
羊の大きな肉の塊を
美しくながめている
おんな達のうしろで
轢かれた紙袋の口に
夕陽がはいる
買ったものや
買えなかったものの
においののこる紙袋に
一日の赫い影が這入る

詩篇内部の物語はけいみょうでありかなりおもしろいのだが、たしかに、運転手の腰をうかしたはんぱな姿勢だとか、買い物をしている主婦の姿はなぜかユーモラスだ。だがそのことよりも、そのユーモアを映像化する絵画的な手法は、文字という記号をデジタルにもちいがちな現代詩にあって、アナログ型の領域にぞくしていることをもっともよく証明している。

あるいは、二聯さいごの場面の〈轢かれた紙袋の口に〉いかは、さらに眼前の絵画である。そして、えがきだせばユーモラスな、しかしふだんのなんでもない〈平日〉の生活を蚕食している、虚無というにはおおげさにすぎるもの。また、すれちがいにいきている人間関係の〈からっぽ〉な気配を、ぼくはかんじいったのである。こうした、なににつけきはくな気配が、ぼくには八〇年代の感触におもえてならないのである。

しょうじきにいうと、とうじ関口がどのような世界をつくろうとしているのか、ぼくには見当もつかなかったので、かれの手法とすこしばかりの印象だけが、ぎゃくにせんめいにのこったのであった。それが「平日」という詩だった。だから、タウン紙『GUNMA街からの通信』の42号から52号までの十一篇、詩と挿絵とのふたつのコラボによるテクストの作成は、かれの持味をおりこむのにさいてきの手法になっているのだとおもう。色あいをふくめ紙面全体をみてもらえないのは、引用することの半分をころすことになってしまうのを承知で、三月一日発行の44号から「浅き夢」という詩篇をひいてみよう。紙面は、ぜんめんの黒地に詩文を白地にぬきだし、したから七割ていどのスペースにキュービスム

風の挿絵をあしらった構成で、モダンな印象ではある。そして、その詩篇はといえば、

ゼンマイのほぐれる音がした
数秒遅れて時計が鳴る
ながい間止まったままの
柱時計がふいに鳴りだした
なにかを飲みこんだのだ
眠りの内側をつたわって
柱時計の喉のあたりを
下りていったのは
一枚の花びらかもしれない

（…略…）

さくら　さくら
いろはに　さくら
ちりぬる　さくら
さくら　さくら
あさき夢みて

さくら散る

時計が又鳴った

と、うたうものであった。デジタルで観念的な言語によらない、どちらかといえば映像的な表現によって詩的世界をつくりだしていた。まえにもいったとおり、このことがなによりもかれの持味といえるのである。また、「指の散歩」（46号）といったちょっとたのしい詩がある。〈十時十五分／十一時三十二分／二時五分／六時十八分〉に、指という身体がそれぞれの時間の生活をメタファ化してみせてくれるもので、このしゃれた着想をみとめたいのである。最後の六時十八分には〈十本の風景をポケットの中で握り／ぶらりと巷に出る／身体が一本の指になる〉とあって、たそがれ時の〈轢かれた紙袋〉（「平日」）とおなじで、きはくな存在といった感触が創作の基調になっている、とぼくはおもう。この情感が、八〇年代の「今」モダンの風景なのである。

さいごに、九月一日発行の50号の「海の中の海」という詩にふれておわりたい。その紙面は、詩文掲載のスペースにはコンポーズグリーンをもちい、全体の六割ちかくを海底かあるいは海岸をあらわすらしいグロテスクで、シュールな物質をモノトーンで配置する構成になっている。このコンポーズグリーンの色彩とグロテスクな挿絵とは、聖／俗といった対項関係がよみとれそうで、ちょうど都市化する風景の光／影の関係にあたる。もともと関口の絵柄は、「指の散歩」や「カゴの中の鏡」（52号）のようなせんさいな感性のただようシャイなものと、グロテスクなものとが同居しているのだが、「海の中の海」は後者であった。

そして、そうしたグロテスクなものが都市文化のゆくえを暗示するものであるのかどうかは、いまはさだかではない。ただ、グロテスクな物質はいっしゅのアンダーグラウンドにはちがいなく、たとえば「廃墟」といったイメージを提供しているものだとするなら、それはそれで都市化する風景ととなりあわせの世界なのである。一歩まちがえば、地球の破壊につながる核の時代がいま現在で、それいじょうにコンクリートにかためられた都市を瓦礫の山に連想することは、そんなにむつかしい時代ではない。昼間の喧噪がうそのように、ヒトのさった高層ビル群がダウンタウンの中心に黒々とある、そのような状況は、ぼくには「廃墟」の構図いがいのなにものでもないのだ。関口のおりなすテクストは、近未来の気配がただよっていることではある。

また、「浅き夢」にもちょっと顔をだしていた、かれのモチーフである生／死（生者／死者）も、いままでみてきたものとおなじ構造をもっている。

魚影と潮騒に満ちたテントに

いのちのようなものが膨らんでいる
記念写真のようにならんで
チチがいる
ハハがいる
少年がいる
友がいる
死者をも混じえて
みんなみている

すべてのものが
流れ出て行く方向を

（「海の中の海」）

詩人がつくりだそうとしているコラボの光景は、まちがいなく八〇年代の《現在》に布置している。〈みんなみている〉〈流れ出て行く方向を〉——変容する都市風景がどのようにテクスト化されてゆくのかを、ぼくもみつづけたいとおもうのである。

戦後詩はかなた——全共闘運動から九〇年代への記憶

序——発端

その一

穂村弘の再刊本、新装版歌集『シンジケート』が二〇二一年に講談社から出版された。あらたな言文一致の〈完全な口語表現〉によって注目された元版は、一九九〇年の出版。『シンジケート』のさいしょの発見者を自負する高橋源一郎が、新装版に解説「書けなかった一行」をよせている。

そうしたことの話題はおくとして、ぼくの関心は、〈『シンジケート』の刊行は1990年10月、あの頃は、どんな時代だったのだろうか。〉といったうえであげている、その例示にある。〈ああ、天皇が亡くなり、昭和が終わったのだ!〉——とある、一年間のその世相である。ベルリンの壁が崩壊しソビエト消滅を予感し、また天安門事件、オウム事件、史上最高値をつけた日経平均株価、そして手塚治虫、美空ひばりの死、糸井重里のゲームソフトや任天堂のファミコン、宮崎駿の新作アニメから志村けんのテレビ番組「バカ殿」だとかである。

かれの日記にメモしていた世事は八九年から九〇年一月まで、硬軟おりまぜたそうした紹介を、

バブル景気がついに終わり、「失われた10年」が始まろうとしていた。それでも、まだまだ豊かななにかが周りには溢れていた。びっくりするような大きな事件が次々に起こるのでついに何事にたいしてもびっくりしなくなり、ゲームをしたり、アニメやマンガやテレビや映画をみていた。

と、かれはくくっている。つぎの九〇年代の時代性を予感するような一年が、高橋には穂村の『シンジケート』の目あたらしさとむすびつくものであったらしいのである。

一九四五年、アジア太平洋戦争の敗戦からはじまり経済成長を軸に転回してきた戦後社会は九〇年代で途絶し、「失われた10年」のはじまりが戦後日本とはきりはなされ断絶された不透明感を加速させた。セピア色にあせた戦後日本の空気を、高橋は上記の文章でか

たったことになる。
この稿ではこうした時代と戦後詩につらなる時代とを並列させ、現代詩をかんがえてみたいとおもう。そんなわけもあって、高橋の年代記にこだわってみた。

その二

もうひとつは、穂村弘の回想にかかわることである。一九八六年の角川短歌賞は俵万智がとっていて、その次席が穂村の連作「シンジケート」であった。かれは、「慎ましい愛の歌　その2」のなかでこういう。

一九八〇年代から短歌の世界に、それまでの文語とは異なる日常的な口語を用いた作品が目立ち始めた。作り手は二十代の若者たちで、その作風に対する拒絶反応も強かったのだが、今振り返ってみると、口語短歌を巡る毀誉褒貶は単なる文体上の問題ではなかったことに気づく。俵万智、加藤治郎、穂村弘といった口語系の作者の作る歌の背後には、ほとんど無意識的な欲望の肯定があった。

（講談社文庫『ぼくの短歌ノート』二〇一八）

現代の日本語話者にとって、明治の時代につくられた人工言語である「言文一致」文はすでに口語文体ではないし、「文語」は論外で非日常の文体である。短歌創作者にとっても、例外ではなかった。と、そういうことになる。新装本への寄稿文でなら、林あまりは〈歌集『シンジケート』の魅力は、一九八〇年代を生きた若者だけが持つことのできる、〝切なさのダイヤモンド〟を見せたことだ。（…略…）切ない切ない切ない「つるつるでごーふる」の私たち〉と、共振してみせる。では、こんな短歌をみてみよう。

体温計くわえて窓に額つけ「ゆひら」とさわぐ雪のことかよ
「子ども欲しくないの？」と聞かれて　あ　流れる　〈花いちもんめ　あの子が欲しい〉

はじめの短歌は、『シンジケート』からの引用。高橋源一郎が〈誰も書いたことがないのだ。いまだかつて一度も。〉と推奨した口語短歌である。短詩型のなかに同棲生活の日常のひとこまがとじこめられていて、たしかに「詩」になっている。つぎの短歌は林あまりの一九九五年作歌のもので、九八年の歌集『ベッドサイド』（新潮社）におさめられている。上記、かの女がいうような、時代の空気感あふれる口語短歌であった。しかし散文との境界が、せつぜんと存在している。
穂村の、前記引用文にはつづきがある。

高度経済成長期に子供時代を過ごし、バブル期に青春を迎えたこの世代は、感受性の中に欲望の肯定を織り込まれている。それに対して、戦争、貧困、学生運動、フェミニズムなどの体験をそれぞれに経た先行世代は、口語文体そのものというよりも、その背後ある衒いない欲望肯定の匂いに生理的な拒否感を抱いたのではないか。

かれのくるゼネレーション・ギャップについては、いまはおいておく。かれらの世代の〈感受性の中に欲望〉を発見し〈無意識的な欲望〉を肯定することで、そこから喚起する感情を表象するコトバは、文語におきかえられた詩的言語でない現代口語を必須条件とすることになったのである。そうかんがえれば〈拒絶反応〉と〈毀誉褒貶〉にさらされた口語短歌にいたる、新世代のその道筋はとうぜんの道理であったのだろう。また、かれら若者の生態を「スキゾ・キッズ」と呼ぶこととともつうじる、あらたな世代が登場していたのである。このことについては、また次にふれることとする。

破――転換

その一

高度経済成長期、すでに戦後の貧困からときはなされた世代の穂村弘は一九六二年にうまれ、かれのあげた俵万智も同じ年で、加藤治郎は五九年にうまれていた。そこである相同性をさぐるために、このゼネレーションに属し、六四年うまれの思考家を自称する佐々木敦の言論にふれてみたい。

まず、東浩紀が編集する雑誌『ゲンロン４』（二〇一六）に掲載された、特集「現代日本の批評Ⅲ」の共同討議「平成批評の諸問題2001-2016」のなかでの発言をみてみることにする。

佐々木　もちろん必ずしも彼らが勝ち続けるわけではないでしょう。ただ、問題はその対抗軸にあたるもの、つまりわれわれが批評とか思想と呼んできた伝統が、いまや空洞化し、だれにも求められなくなってしまっているのです。

二〇二〇年代、終息にむかうであろう今後のテレビ・出版メディアと消散する高齢者世代のあとの〈現状のシステムに乗った若手論客はどうなっていくのか。〉と、問いかける市川真人の追求にこたえたものが、上記の佐々木の現状認識である。東によれば、この企画「現代日本の批評」は、一九七五年以降の「批評史の総括」をモチーフにしたプロジェクトであった。構成は、「ゼロ年代批評の誕生」からはじまり「『観客』を復興する」までの四部からなっており、佐々木の発言はそのうちの三部「震災以後の批評」中、「若手論客の保守化」のなかでなされた言説である。

世代の相似形ということでくらべれば、穂村弘の『ぼくの短歌ノート』でしめす〈先行世代〉にたいする理解ときょうつうする基盤を、ぼくには佐々木の時代認識にみてとれるのである。九〇年代にいたるまでのどこかで、「戦後」の〈批評とか思想〉空間は断絶した。と、ふたりのいわゆる歴史観はいっちしている。佐々木のこうした発言がとびだすのは、けっして偶然ではないのである。かれの〇九年に出版された、講談社現代新書『ニッポンの思想』はそのことを物語る単著であった。表題は、戦後を代表する丸山真男の名著をモジったものであることも、かれのそうした姿勢をあらわしていた。

八〇年代、「ニューアカ」(ニューアカデミズム)の影響下に「新人類」とよばれる一群が存在した。佐々木はそのかれらをとりあげ、こう、それは知的ファッション、知的スノビズムとでも呼ぶべきものだったかもしれません。しかしファッションであろうとスノビズムであろうと、「思想」に関心を持つ若者が、ある数の「層」として登場し得たのは、「連合赤軍事件」以後、およそ十年ぶりのことだったのです。（…略…）ある意味では、戦後はじめて「思想」と「カッコよさ」が結びついたのが、この時代だったのだと言えます。（『難解・明解』の往復運動）

と、言説化している。くわしい説明をはぶくが、かれらは〈ニューアカ的ジャーゴン［＊わけのわからない専門語］〉を〈ふんだんに用いて会話〉する、浅田彰や中沢新一のコピーのような評論家たちであった。が、しかし〈「思想」に関心を持つ若者〉であった、と佐々木は断りをいれたことである。ディケイド（十年間）の年代記、二〇〇〇年の「ゼロ年代批評」を起点におくかれのいう「思想地図」にてらすと、九〇年代とはことなり〈イデオロギー的＝八〇年代的〉な一群と位置づけることになる。

またこうした「新人類」は、浅田が遊牧民のノマドをふまえ定義をした「スキゾ・キッズ」に相当する。この気ままにふるまう子供＝若者たちは、八〇年代を象徴する存在となってゆく。穂村弘だとか林あまりはこうした時代環境からうまれていた、はずである。詩の世界でも、ねじめ正一のようなあたらしい書き手、しかも過激を地でゆく詩人が誕生していた。

あまりのあでやかさに　照れながらキッスを
するとゆらゆらもどかしく　彼女の胎内に
堕ちてしまった　いっしょに暮らせると思っ
て　はじめて行為した呼吸の卵がもう彼女に
すらすらと値踏みされてしまったとは　そ
れでもせめてもの救いか　頭の上で白い紐が
光っている　おお　この紐　救われはしない
よ　彼女のぴかぴかに気取った感性だ（略）

表題「失恋」のこの詩は、八一年のH氏賞を受賞した詩集『ふ』（櫓人出版会）に収録されたもので、出版は前年十月のことであった。そして、翌八二年にだした第二詩集『下駄履き寸劇』（同）ではその過激をつくした「ヤマサ醬油」のような詩篇をかいていたのである。母親が〈お前みたいなきたない詩〉と形容した、その詩〈食欲の目覚めがいまここで立ち魔羅となってぐんぐん催してきたのであります（…略…）奥さんのコマネチ風大股をひらいて奥さんの性器を箸先でほじくり〉といった表現を加速させる。日常性が隠蔽している劣情を、かれのもちいるコトバの暴力性が暴露してゆく。中沢は〇五年の詩集『ひとりぼっち爆弾』の「琛」解説のなかでかれの作風を、スキゾ・キッズの申し子「パラノ〔＊日常〕からスキゾ〔＊非日常〕」をあらわすものだと喝破した。

だがかれは戦後、四八年うまれなので穂村のいう世代ではない。また一歳としした の、四九年うまれの詩人荒川洋治は、戦後詩を特徴づけたコトバの喩法のひとつ暗喩法を更新しトリックスターの地位をえる。しかしいっぽう、ねじめは言語使用を根底からひっくりかえし、現代詩を改変したのである。八〇年代には、このような変化「地殻変動」もうまれていた。戦後詩との途絶は、こうしてすすんでいたことになる。

その二

佐々木敦の雑誌『ゲンロン4』での、〈われわれが批評とか思想と呼んできた伝統が、いまや空洞化し、だれにも求められなくなってしまっている〉といった発信は、「戦後」との断絶のあることを宣言していたことになる。穂村弘の場合は、佐々木のいう空洞化した伝統的な〈批評とか思想〉を〈先行世代〉にみてとり、みずからはあたらしい時代の旗手であることを公言していったのである。それではかれらの対抗軸として、ここでは上野千鶴子の言説を近著『限界から始まる』（幻冬舎）のなかからとりあげてみたい。とうぜん、この稿のテーマである「戦後詩はかなた」の問題をさぐるためにである。

その二〇二一年の著作は、鈴木涼美との「往復書簡」のかたちをとって出版されたものである。鈴木は一九八三年うまれの著述家「物書き」で、一四年には、幻冬舎のウェブサイトで発信した文章を本『身体を売ったらサヨウナラ』（幻冬舎）にしたり、またその前年、東京大学での修士論文を『「AV女優」の社会学』（青土社）として出版していた。十代からの多様たさいな体験にはじまり、〈性と愛がべつべつのものであることが自明になった私の世代〉（『限界から始まる』）の、そうかんがえているかの女から、上野を挑発（と、ぼくはおもう）し成立したのが「往復書簡」、上記の著書であった。

さてセオリー構築にはふかくじつな世代論にもとづくなら、その鈴木はどうやら佐々木をこえた存在である、とそういえそうだ。佐々木の『朝日新聞』の書評であれば、こうなる。前記『「AV女優」の社会学』を、〈素性を隠している「AV女優」がインタビューでは多弁であることとの意味を、実際の取材をもとに考察した本、と纏めてしまっては何も伝わらない。熱い文体と分析が魅力。著者の「彼女たち」への共感の強度は「社会学」を良い意味で超え出ている。〉（一三年十二月二十九日）と評価しており、かれはあらたな領分に瞠目していた。ようするに、佐々木は鈴木の背中をみて伴走していることになるのである。

ところで上野を、ぼくはたんなる今だけのフェミニズムの社会学者とはかんがえていない。かの女は、西洋近代の普遍主義を破壊した張本人である。そのかの女の論理思考の枠組が、「構造と主体」にあることはみずから断言している。近代の「啓蒙思潮」ひとつをとっても、男を上位においた観念「構造」にすぎず、人間「主体」はその観念性を解体しなければならないとかんがえ、かの女はつねに発信しつづけている。つまりは、ヒト新世時代、かんがえることは男／女の関係性にはなく全人間の問題系にあった。

あえてことわっておくが、佐々木がとく戦後「思想（批評）」の空洞化は、ゼロ年代を根拠におく思考家の所産、結果である。しかし、上野の場合は戦後思想と格闘し、構築した言論であった。このふたりのちがいは、穂村弘とおなじく無視できない。だから、7章「仕事」をテーマにしたようなところでのこんな発言に、ぼくは目がとまるというのか、釘づけになるのである。鈴木に問われての回答だ。

「学問の道を目指」したか……と言われれば、なかった、というほかありません。それどころか何の展望もなく、自分が働いて生きなければならないとさえ考えていなかった、うかつな娘でした。向学心も向上心もなく大学院に「モラトリアム入院」したのは、就活をしたくない一心からでした。その背後には、敗北で終わった大学闘争の苦い経験がありました。

（『限界から始まる』）

突きつめられたうえでのこのようなその感情のうらにある、なげやりな気持ちは〈大学闘争の苦い経験〉をつうじてうまれた、とうじの若者の共同主観のようなものであった。

啓蒙主義の拠点であった大学にいだいていた普遍真理の「場」を、大学紛争が木端みじんにうちくだいた。普遍幻想からさめ、〈場末の一杯飲み屋のおかみ〉になろうか、といった類のゆくすえにふけったりするのは、上野だけの着地点ではなかっただろう。そして、こうした宙づりの身体感覚は、自身でいう社会学者のはじまりとなる「女性学」にであう二十代後半までつづいたのだろうと、ぼくにもおもいつくことではある。

このことと切りはなすことのできない告白を、こう、かの女は口にする。

あなた（＝鈴木）たちの世代の「冷笑主義（シニシズム）」は、「……ンなこと言ったって（しょせん）」というホンネ主義でしょうか。ここ数年、70年安保闘争とかで回顧ブームですが、学生運動の世代が次の世代に残したのが政治的シニシズムだとしたら、その責任は重いと思わざるをえません。（12章「男」）

鈴木の世代にたいする上野のうけとめかたには、学生運動による心理的外傷（トラウマ）が内省化していたことのあらわれだったのであろう。つまり、かの女が〈大学闘争の苦い経験〉を〈政治的シニシズム〉にむすびつけているのは、〈ホンネ主義〉にあらわされる鈴木世代の心情に触発されてのことなのであろうが、ぼくはこうした回路についてはもうすこし視野を拡張してみてみたいのである。

急——断案

その一

ぼくがここでとりあげたいのは、上記、引用文後半の〈ここ数年、70年安保闘争とかで回顧ブームですが、（…略…）と思わざるをえません。〉とある文章とかかわる、いちれんの問題である。この件には註記が、つぎのとおりに付してある。

全共闘白書編集委員会編『全共闘白書』（新潮社、1994年）、続・全共闘白書編纂実行委員会編『続・全共闘白書』（情況出版、2019年）、代島治彦監督作品『きみが死んだあとで』は、1967年10月8日羽田闘争で死んだ京大生、山崎博昭を追悼したドキュメンタリーである。

著作本文での精緻をつくした「女性学」にかんする運動や文献紹介にくらべ、「70年安保闘争」の〈回顧ブーム〉のそれは註をたてるにしては、あまりにすきまだらけで貧弱であり、叙述についてもずさんだといわざるをえない。

まず、情況出版の『続・全共闘白書』が〈ここ数年〉の〈回顧ブーム〉本であったとしても、新潮社版はこの流行とは関係はなく、あとにふれるとおりその「白書」は次元を異にする〈回顧〉記述でなければならない。また、山崎博昭さんのドキュメンタリー（二〇二二）をあげるなら、おなじ年の大道寺将司さんのドキュメント、邦題『狼をさがして』を紹介するぐらいの配慮があっても最低よかったのでは、とぼくはかんがえている。八七年、死刑が確定したその「大道寺将司」とは、一九七四年、三菱重工本社爆破事件をはじめとする戦前戦後のアジア侵略を糾弾することを主張し企業爆破を実行した「東アジア反日武装戦線」狼グループのひとりである。かれは七五年に逮捕され、二〇一七年に東京拘置所で病歿している。この戦線関係グループの爆弾闘争は、七一年の興亜観音像（静岡県熱海市）と殉国七士［＊A級戦犯］慰霊碑の同時爆破からはじまっていた。『きみが死んだあとで』と『狼をさがして』二本のドキュメント映画をとりあげた座談会を、二一年春季号『映画芸術』（四月発行）が掲載している。進行役を稲川方人が、参加者は亀和田武、絓秀実、小野沢稔彦、荒井晴彦の四人であった。こんな――〈「反日武装戦線」が問うたことは、天皇制解体の問題を始めとして、持続する戦後日本の内実を全体的に問うことだった〉――問題意識をもつプロデューサーで評論家の小野沢は、

単なる政治的な一点突破的な行動だけではなくて、68年当時にわれわれが抱え込んで

いた文化的闘争も含めた全体的な試みを考え直すのを、いつからか俺たちは捨ててきてしまったんだけど、今回『狼をさがして』という映画を契機にこういった様々な試みを問い直すことが必要なんじゃないか。これまで誰もちゃんとやってこなかったと思うんだよ。

と発言している。戦後思想をうけとめ学生運動の渦中をすごし、全共闘世代の人間が闘争後をどのようにすごしたかを、ドキュメントに触発され〝自己批判〟しているのは、上野の責任論とつうじる参加者四人に共通する現況を告白したことになる。上記、佐々木敦がいいつのる戦後思想の空洞化問題は、世代論で結論づけられるような種類のものでないことを当事者でもある小野沢のその後が物語っていた。八〇年代へとむかう方向性を検証するのにじゅうぶんな証言になっている。

その二

しかし、過激派といわれテロリストと形容され、一般の言論社会からわすれられた活動家の記録が皆無なのではない。ドキュメント『狼をさがして』は、その意味でも価値があった。ドキュメントの登場人物「浴田由紀子」は、ぼくにはかつて報道されたときの反社会性を印象づけるような犯人像とは別人であった。このあとに紹介する手記のなかに、父親とのわかれの場面――日本赤軍のダッカ・ハイジャック闘争によって日本を出国するとき、〈「行くな」といいたかったであろう父は、「ばあさまは大丈夫だから」といい、「自分の弱さに負けん生き方をしんさい（しなさい）」と励ましてくれました。〉と回想するころの気丈な姿から、屈託なく会話をしている映像をみて、ぼくは今はすくわれるおもいがしたことである。

その戦線関係者、「大地の牙」の浴田由紀子さんは、二〇〇四年に風塵社からでた『でもわたしには戦《いくさ》が待っている』のなかに手記をのこしていた。著書副題は、「斎藤和「東アジア反日武装戦線大地の牙」の軌跡」である。「斎藤和」とは、同居していたかの女と「大地の牙」をなのり爆弾闘争にくわわり、一九七五年五月十九日逮捕の朝、青酸カリで服毒自死した人物である。そのため、しばらく闇のなかの人であった。しかし、かきのこされた文章が物語る記録は、いずれの日かによまれ事はあきらかになる。そんな本であった。

話は、もどる。こうしたことをつたえるドキュメントの制作者は、韓国のキム・ミレ監督である。かの女は釜ケ崎でえた情報を追いほりおこし、さらに現在の韓国企業が東南アジアでおこなっている経済活動をかさねあわせて制作したものだという。なお、韓国でのタイトルは、「東アジア反日武装戦線」であった。こうした事情は、小野沢がプロデューサーなのでよけいに意識するのであろうが、今日かれの、つぎのような現状認識は、思想状況をかんがえるうえではより深刻である。

ただ日本でこういう映画が出てこない時に、残念ながら日本人ではなくて韓国の人が撮り始めたということの意味を含めて、このことはきわめて象徴的なことだと思うけど、やはりもう一度僕たちが問い直すべきだと思う。

「植民地主義」と「償還」の問題はとくに韓国と日本とのあいだでは現在なお懸案課題となっており、過去の問題ではない。台湾出身のレオ・チンの著作、副題を「東アジアにおける感情の政治」とある倉橋耕平監訳『反日』（人文書院　二〇二一）は、〈「東アジア」と呼ばれる地理空間〉を対象にポスト植民地時代を焦点に現況を解釈する姿勢を参考にするなら、かれの指摘はなおさらのことである。そう、日本人である〈僕たちが問い直す〉のはあたりまえのことである。九四年発行の新潮版『全共闘白書』の「回答者アンケート」では、大学をでて、社会でふつうに日常生活をおくっていた全共闘運動を体験したヒトたちのあいだにはこの空気感が持続していた。それでは、なにが問題になるのであろう。

そこで、もう一冊を。三浦俊一による編・著二〇一九年出版の『追想にあらず』（講談社エディトリアル）をとりあげてみたい。副題は「1969年からのメッセージ」である。かれは全共闘運動から日本赤軍派の運動にくわわり、七十四歳になる現在は、釜ケ崎日雇労働組合副委員長として活動している。そして、著作中それぞれの執筆者が実践してきた運動をあきらかにした内容だから、表題が「追想にあらず」という啓発本となっている。かれら報告者には、戦後日本とつづく価値観なり思想とでもいったおもいが途絶したわけではなかった。そのことが、穂村弘だとか佐々木敦だとかのちがいである。

そういえば、本稿冒頭に登場する高橋源一郎は全共闘運動にくわわり逮捕、拘留されていた。そんな体験をしていたかれに今日があるように、かつての日本赤軍派の活動家のなかにも今日が存在し「追想にあらず」と、初志をつらぬいて人生をかたっていたことではあった。高橋はたしか二一年に大学を定年退職していたはずだが、情況出版によった『続・全共闘白書』でも、ほとんどおおくのアンケート回答者が年金生活者となっている。そのこともあってか、経年変化のなかから回顧ブームがおこり、またあたらしい世代を主張する時代がはじまるのは、おもてむき否定のできない自然なことではあったろう。

その三

すでに戦後詩がかなたへとおざかった九〇年代、その変化へむかうまえの八〇年代、七〇年代の時代状況を検証しながら、全共闘世代の、大学闘争にかかわったヒトがどのような詩創作をしていたのかを、ぼくは気をつけ詩をよんできた時期がつづいている。

そんなおりの二〇二一年の『詩と思想』八月号に、連載企画「わが詩の源流」に井上英明が「光州事件を機に」という文章をよせている。「光州動乱（事件）」は全斗煥将軍ら軍部クーデターに反対する学生、市民による民主化運動で、一九八〇年五月十八日から二十七日にかけて韓国全羅南道光州市を中心としておきた。また後年、軍隊が自国民に発砲したことをめぐり、光州地裁で全斗煥らが出廷した控訴審公判がひらかれている。

その「光州動乱」をテレビ〈明るすぎる家庭の受像機〉をとおして見、また当時、井上は岩波の雑誌『世界』に掲載されていた「韓国からの通信」よりえた情報から、このような境地にいたったことをつたえている。

闘争に参加した民衆の中でもラジカルな運動を展開していったのはキリスト教徒、特にカトリック教会が拠点的な働きをしていることであった。戦後のつい最近までキリスト教徒は、あの世の天国に思いをつなぎ、迫害に耐え忍ぶことを徳としたペシミストとして見られがちであった。しかし、韓国のキリスト教徒は不条理なことに声をあげたのである。力で民衆を押さえつけることへの憤りもさることながら、キリスト教徒が先頭に立ったことに心を動かされた。

（「光州事件を機に」）

かれは小児麻痺に罹患し障碍が右脚におこり、十歳でカトリック教徒となり市役所の福社部門でながらく勤務をつづけた。そのかれは七〇年代に学生運動にくわわり、詩の創作者として今日にいたっている。さらには「光州動乱」をきっかけに、抒情詩をすて〈わかりやすい表現〉の散文詩をかくようになったのだという。「光州事件を機に」では、みずからの詩二篇を紹介していた。それぞれ、その一聯のみだがひいてみる。

だが何もなければ不幸は　いつまでも少年へ
めぐり来ぬと言えたか　決意のあとの寒すぎ
る未来が見える　なぜ投げたかばかりではな
く　石の重さをも問うて欲しい

（「石を投げた少年」）

感覚を失っている右足を　左足が引きずるようにして歩
く　夜には左足が悲鳴を上げるのだが　右足も悲鳴を上
げた左足も不幸とは限らない　今夜は　左足の痛みが和
らぐようにとは祈らない　痛みの在り処のために祈る
化学者はゆっくりと研究すればいい　他人を浸食しない
程度に

（「何もしない日　1」）

ともに、自意識のつよくでた詩である。詩篇「石を投げた少年」ぜんたいは、〈力で民衆を押さえつけることへの憤り〉を連行される〈少年〉にみてとる内容になっている。また詩篇「何もしない日　1」は、研究機関による〈難病を持つ子供の血液〉の〈要請〉依頼から、胎児が出生前検査による〈堕胎によって抹殺される危険〉を憂慮するといった詩篇である。引用した聯は、そうした展開の結論にあたっている。障碍をもつ詩人による、自身の境涯をぬきにしては創作の成立しえない緊張感がただよっている。

この稿のモチーフにそくすと。七〇年代の全共闘運動を、あるいは政治闘争を体験したこと自体はなんらの思想特権をもったことにはならない、ということである。ぼくが、井上の詩をよんでいていだく常のおもいである。あらゆるひとつひとつの体験を、のちのちの人生のなかで遭遇する出来事を自分の問題としてうけとめえるのかどうかが、つまりは肝要事となるのだ。上記の詩の根底には抑圧される人間が存在することをゆるさないという、井上の意思があるのにちがいあるまい。こうした姿勢をうみだしているのが、「造反有理［＊造反には理由がある］」をかかげた全共闘運動であったということである。かれの現実問題を主題化した作品、いわば「思想詩」から、ぼくがまなんだことのひとつであった。

その四

前記、ドキュメント二作品を論じた座談会で、荒井晴彦が問題にしていること、

山崎の意志を継ごうとか屍を乗り越えてとか言っていた人たちがどうして運動を止めていったのか。そこを彼らにちゃんとしゃべらせてほしかった。運動に入っていく動機については前編で語られているよね。だったら後編はなぜ運動からはなれていくのかをもっと深掘りすれば、代島監督の「なぜ今、若者は政治的なことを何もしなくなったのか」という言葉にもつながってくると思う。

とある発言は、かれが脚本家で映画監督だから作品構成を問題にしたということでなく、その異議はもっともな見解であっただろう。というのは〝知りたい〟という欲求、戦後思想が断絶する理由のいったんがみえるはずだからだ。八〇年代をへて九〇年代にむかい、さらに、〈われわれが批評とか思想と呼んできた伝統が、いまや空洞化し、だれにも求められなくなってしまっている〉（佐々木敦）ゼロ年代いこうの〈若者は政治的なことを何もしなくなった〉という思想状況のはじまりを説明することになったはずである。

折りもおり五月二十八日発行の詩集『糸むすび』（土曜美術社出版販売）を、ぼくはよむ機会をえた。著者は、全共闘運動を体験し教員生活をおくったことのある橋爪さち子である。

そのなかの「ゆきの日」は一九七二年二月十九から二十八日におよぶ、武装組織連合赤軍がおこした機動隊との銃撃戦「あさま山荘事件」をとりあげていた。

夕飯の湯気の向こうの映像に　顔を晒した犯人が続々と連行されて行って　私はアウトローに生きることの怖さと孤独と闇の深さに震撼しました　曖昧な離脱左派にすぎなかった私ですが即退職し　何事もなかった顔で家という小さな箱に隠れようと　その翌々月に結婚をしましたさいわい次々に生まれた子が　私をオッカサン稼業なる現実に戻してくれました（略）

たぶん、かの女は「糸むすび」、過去をはなし今をかたろうとおもったことなのであろう。そこには、「あさま山荘事件」の衝撃のおおきさをみてとれる。そのことには今日からではかんがえられないような光景が、〈その日は一日中TVがついておりました　私ら教師は生徒に自習を命じては　入れかわり立ちかわり職員室に戻り　映像に見入っていました〉と、詩篇冒頭に書記されていた。「ゆきの日」には転向というにはおおげさな

〈離脱左派〉、運動からヒヨッタひとりの女性のその後のことのなりゆきが闡明にある。とくに三時間二十分のドキュメント『きみが死んだあとで』の登場人物たちにも、似たような選択があったにちがいない。だから荒井がいうように、ドキュメンタリーのなかで〈なぜ運動からはなれていくのかをもっと深掘り〉してほしかったのである。そのことが、戦後思想と延長関係にあった政治運動が断絶した理由をつたええたのではないのか、とぼくはかんがえてみたいのである。

すこしく、〈深掘り〉の一助として遠回りをしてみる。いまはネットワーク農縁「新庄水田トラスト」事務局をつとめる、かつての赤軍派田中正治は、前述『追想にあらず』に寄稿した文章のなかで、

一九七〇年から二〇年間続けられた新左翼系諸派の内ゲバ、特に連合赤軍事件と中核派・革マル派間の凄惨な内ゲバは、一九六八年「革命」に参加した人々や革命運動に参加しようとしていた若い人たちに大きなぬぐえない失望感を与え、社会の中に一定程度定着していた新左翼の革命運動への共感をほぼ根こそぎ奪ってしまった。

（「一九六八年『革命』と内ゲバ」）

と、今日ではひとつの教訓——七〇年代後半は左翼陣営も新左翼も、若者が政治からはな

れてゆく季節だった……となっているにがい総括を手ずからつたえた。おなじく、前記『でもわたしには戦が待っている』中の「浴田手記」には、

いわれなくある日突然に、私たちの闘争によって傷つけられたり生命や生活を奪われてしまったかたがた、闘いの途上で死なせてしまった同志たちの家族や友人に対して、なにがなぜ、どのように起こったのかを伝えることは、残された私たちの義務でもあると考えるようになりました。
（「カズ君への手紙」）

とある。この手記ではさまざまな政治闘争を体験したあとの経年変化をへて、三菱重工本社爆破事件直後の〈彼らは、日帝中枢に寄生し、植民地主義に参画し、植民地人民の血で肥え太る植民者である。〉と声高に犯行声明をだしたあのときとは、まったくことなる現在の内心をあきらかにしていた。全共闘運動だとか政治闘争にくわわった参加者には、あのときと今とのちがいを抱えこんでいきてきているヒトたちがいる。個人の問題であるだけでなく、かれらの「語り」は歴史を意味づけることになるのである。

その五

ここで、橋爪さち子の話題にもどってみたい。かの女の人生の選択をおもえば、前述『限界から始まる』中、上野千鶴子の場合——非婚についても、〈自分の人生にどんな「保険」もかけたくないという選択〉(4章「結婚」)が、今日の「おひとりさま」を実現させた結果だったのかもしれない。そのいっぽうで、橋爪は市井の〈オッカサン稼業〉をえらんだのだが、しかしかの女には、詩を創作する根拠「今」がある。

上記の引用詩「ゆきの日」にはつづきがあって、山荘事件の当事者、坂口弘の著作『あさま山荘1972』の読後がかたられている。そのつづきとは、冒頭におかれているプーシキンの詩におもいをよせつつ、〈Sの手記〉に〈負の人生を何とか償おうとする意志の凄まじさと　魂の純度の高さ〉をよみとり、〈私を強く打ちました〉とそうしるし、あさま山荘事件の〈犯人〉の経年変化のその後をうけいれる。かの女自身は〈家という小さな箱に隠れ〉、〈オッカサン稼業〉にあけくれたであろう実生活者としてのなりわいに身をおくなかで、世の常識「公序良俗」にとらまえられ信念までを放棄したわけではなかったのである。

詩篇のおわりは、つぎの二行である。

尖り優しさを欠いた若い日を省みながら疫病禍

で会えない施設の母へせめて便りを書いてます

あのころの葛藤と現在の母親にたいしたような思慮をあわせもつ内省的なこの詩篇は、詩人の心性からうまれたものであろう。また「ゆきの日」だけではなく、理知的な内容は詩集全体の特色である。こうした表現がうみだされた背景に、ぼくは学生運動を体験し七〇年代をつうかしたヒトの精神性をかんじるのである。政治の季節とよばれ、そして六〇年代の政治状況のなかで未来志向の時代をいきた若者たちをかんじてやまない。学園紛争からはじまる全共闘の時代は、ただなつかしんでおわるだけのものではないことを理解することができるのである。

さいごに小説家安岡章太郎を、戦後文学をになった先行世代にあたる第一次戦後派ではなく第三の新人とよばれた後続世代、いわゆる戦中派世代の戦後意識をとりあげ、この稿の結句としたい。と、いうのは、全共闘にくわわった団塊世代の運動にみとめておかねばならない、歴史的な意義とでもいったものをかんがえているからである。かれの『僕の昭和史Ⅲ』（講談社　一九八八）のなかでのこと、

そして僕ら自身、何年か前から、もう〝戦後〟は終わったと思いはじめていた。僕らは経済的には戦後の窮乏状態から抜け出していたし、〝戦後民主主義〟もまた戦後の

枠組みをはずして考え直さねばならないところに来ていた。しかし、人間はそう簡単に、変わるわけにはいかない。〝戦後〟は僕ら一人一人の性格のなかに深く食いこんでおり、しかも僕らは不断、そのことにはまったく気がつかない……。

とある、この戦後観は六〇年暮から翌年、そのはんとしのアメリカ南部に滞在した体験をきっかけにしたもので、五六年版『経済白書』の〈もはや戦後ではない〉とあった声明にたいして、五〇年代のみずからの印象をつづったものである。そこには敗戦後日本のあらたな変化をかんじながらも、戦後意識にとらわれしかも潜在化してしまった事情をかたったものであった。かれのそんな意識をさらに敷衍すると、高度経済成長下にあった日本人の心理を代弁する種類のものであったといえるのにちがいがないのである。

全共闘の運動は、日本人一般にひろく恒常化していた――その〈僕らは不断、そのことにはまったく気がつかない〉ですませていた対戦後意識を可視化させ政治的な諸問題を提起した若者の運動だったと、ぼくはかんがえておりその意義をくわえておきたかったのである。しかし、七三年十月のことであった。あさま山荘事件翌年の第一次石油危機は戦後の成長神話に終止符をうつまえぶれとなり、八〇年代の、狂態乱舞するスキゾ・キッズ誕生の下地がうまれる。かつての、ひさんな戦禍を直視し戦後復興のありかたを対象として物語化した戦後文学は、戦後詩をふくめてとおくにさり、構造と実存との関係性が変容するはじまりである。本稿冒頭の「序（その二）」に引用してある穂村弘の文章が、そうした当事者の肉声をつたえていることであった。

＊　本文中、レオ・チン（Leo T.S.Ching）の著作『反日』の原題は副題を含め以下のとおり。*Anti-Japan: The Politics of Sentiment in Postcolonial East Asia*（2019.Duke University Press）。その彼の日本国観は、〈東アジアにおける日本と他の諸国の不平等な関係、帝国主義が残した未解決の問題（「慰安婦」や領土紛争など）、および米国による属国状態は、日本の戦後民主主義のあり方と植民地問題の複雑化についての深刻な反省を迫る。〉という理解である。なお彼は一九七〇年代半ば、家族で日本に移住し十歳から大学進学で渡米するまで、彼には神戸での生活体験があった。

＊　本文中、「光州動乱」と表記があるのは、かつて韓国からの留学生と光州での民衆蜂起について議論するなかで、事件ではなく「韓国民主化運動」である、と指摘を受けた。以後、上記のように表記することとした。

参考文献

大道寺将司著『明けの星を見上げて―大道寺将司獄中書簡集』（れんが書房新社　一九八四年。ただし第三刷、一九九二年）

島成郎著『ブント私史（青春の凝縮された生の日々ともに闘った友人たちへ）』（批評社　一九九九年）

小坂修平著、ちくま新書『思想としての全共闘世代』（二〇〇六年）。小坂は、新潮社版『全共闘白書』のアンケートに、回答「あの時代があったことで」を寄せている。

荒岱介著、幻冬舎新書『新左翼とは何だったのか』（二〇〇八年）

佐藤信著『60年代のリアル』（ミネルヴァ書房　二〇一一年）

『朝日新聞』「ひと」欄　「代島治彦（半世紀前の若者が政治に「発熱」した時代を追う映画監督）」（二〇二〇年十二月二十三日）
編集鈴木歩『狼をさがして』（太秦株式会社　二〇二一年）
『朝日新聞』「忘れられたテロリスト　思いは（映画「狼をさがして」キム・ミレ監督）」（二〇二一年四月二日）発行・編集大澤一生『きみが死んだあとで』（ノンデライコ　二〇二一年）

＊＊『朝日新聞』の二〇二三年三月七日と二十日に、上野千鶴子ブームが中国の若い女性のあいだに起きている、との紹介記事が掲載されている。また本文中の、かの女と鈴木涼美の対論本『往復書簡　限界から始まる』が、レビューサイト「豆瓣（ドウバン）」の二二年ベスト一位に選ばれたことも伝えている。時代の変動が起きていることは、確かである。

「戦後詩」の消失と四人のH氏賞詩人
——八〇年代変容する社会と九〇年代H氏賞詩集

序

九〇年代初頭のH氏賞は、高階杞一のデタラメな詩集『キリンの洗濯』（あざみ書房）と、つぎの年は杉谷昭人のキマジメな詩集『人間の生活』（鉱脈社）がそれぞれ受賞している。このことを、ぼくは今になっておもうと、ひとつの時代の性格をみごとに表象しているとそうおもったものだ。
高階の詩集、その「I」の詩篇「春」につぎのような前半の一節がある。

　オオカミのような動物が
　べろっと長い舌を出す

食べられちゃうかもしれない
と人は
グーを出す
オオカミのような動物はパーを出す
その一瞬
世界はしんと静まり返り
夕日が
地球の向うにおちていく

なんというめちゃくちゃな光景というのか、らんぼうな形容なんだ。なんという、デタラメな語法であろう。こんな詩を、〝現代詩〟とよぶらしい。詩的な言語行為というよりまるで言語遊戯、コトバ遊びである。そして結句によれば、〈春／縁側で／ひとり坐っていると〉、と〈遠い昔〉のおもいでの印象表現だったということらしいのだ。この「春」という詩がうまれたのには、どんな理由があってのことだろうか。

　いっぽう杉谷の詩集その「I」の、詩篇「上《そら》」から、

この山道をのぼりつめて

そこをそらという
とつぜん野菊が吹きみだれて
しかし風は四方からわずかにあるだけで
そこをそらという
わたしは肩から鍬をおろし
小さな畑を打つ
そこから先はもう下り道で
わたしの知らない町が遠くに見えてくる

といったたしかな語法の詩をみつけることができる。現代詩というよりも、なつかしさをかんじるこふうな風情である。結句は、〈この山道のゆきつくところ／村びとだけがのぼる狭い険しい峠／そこをそらという〉と、かつて日本のどこにもあった共同体のくらしが根づいている、そんな一端をおもわせる模範的な詩である。

破

その1

二冊の詩集『キリンの洗濯』と『人間の生活』を読みくらべながら、いつのころか、ずいぶんまえの読書体験が、よくにた感慨としてよみがえってきた。

さらさらと海藻めいてゆれるポプラの小径には
きまつて昏い眩暈がおちていた
並木路から公園のほうへ　それはどこまでも執念ぶかくついてくる
白昼　いきなり地底へ陥ちてゆくうめきに疲れながら
ときに　崩れた教会の荒地をぬけて　海の懸崖のほうへおりていつた

この詩は、殿内芳樹の詩集『断層』（草原書房）にとられている「迷路はたえまなくめぐる」の冒頭部分である。なんとも、デタラメな語法であることか。このような詩表現は当時、ネオ・リアリズム詩として受容されていたのである。そしてかれの詩集が、一九五一年、第一回のH氏賞をとる。そのつぎの年のH氏賞は、長島三芳の詩集『黒い果実』（日本未来派発行所）である。そのなかの「銃口」をひいてみる。この詩は、

前方に　たえずするどい
血のような人間のこえをきいた

一九四五年　荒野のなかの一つの小さな穴
その　小さな穴の水平線に
カチリとあわせた鉄の焦点
ああ　そのとき
世界は　僕の瞼の上に鉛のようにたれさがり
やがてうかび上がる人間の終末の時のなかに
泳ぎつかれた顔がひろがる
ああそのとき　僕はたしかに引いたのだ
そのつめたい鉄の引金を――

と、中国戦線で体験した狙撃兵の自身を、たしかな語法でうつしとったものである。リアリズム詩といったらよいだろう。

ところで、殿内の詩の結末は、

海藻めいて揺れるポプラの小径をぬけると
きまつてそこには　昏い眩暈がおちている
紅い花が目にうつる　と
嘔吐がはげしく襲つてくる
いらいらと　広場のほうへでてゆきながら
とつぜん　かれは足を停めて日暮をみつめる
みつめながら　やはりひとりで待つているほかはない……。

と、こころの内奥「孤独」を独白しておわる。いっぽうの、長島の詩は、

はるかに――
きいたようにおもつた
戦争でやられたあいつらのこえよ
土にのめつていつたいたましい死の苦悶と
激烈の日の肉体の抜殻よ
そいつらの苦悶が
僕の水平線をくらい重たいものにする

黒い眼球のえぐられた　そのふかい湖の底に

と、戦場体験を平時のいまふりかえり、戦闘行為からうまれ存在者の罪ぶかさをほりさげていた。詩表現のちがいは、詩内容にまで影響をあたえる。あるいはその逆で、表現のモチーフにそって文体はうまれるものかもしれない。

『断層』に収録された詩篇は、敗戦半年後、四六年の春から五〇年秋までにかかれたものだそうだ。この時期の詩をべつの、第一詩集『泥河』（草原書房　一九五〇）にもおさめていたが、二編の詩集をくらべるべき同音異曲の風はなかった。そのころ、殿内は北川冬彦の詩雑誌『時間』のメンバーであり、戦前はやはりかれの『麺麭』の同人であった。かれが巻頭の『断層』評は、〈この詩集は早くもネオ・リアリズム詩の一態を示した興味深い詩集〉（「詩集『断層』について」）だということである。ということは上記の詩表現はテーゼの呼称からして、〈作品に現れる映像の異様さ〉であるネオ・リアリズム詩の奇想をねらっていたことになろうか。

「時間」グループのテーゼはすでに詩史に埋もれてしまっているが、こんな詩篇「病める少女」（『断層』）をよみながら掘りおこしてみれば、おおよその見当はつく。

街を抜けでる。安堵する。

街は胃袋である。馬車がころがる。店が旗をふる。運河が嘔吐をはく血管。靴。肉。油槽。煽情的でない女はひとりもいない。疼かぬものはひとつもない。

戦前モダニズムがはやっていた時代に、北川が安西冬衛らと形式革命をはじめ新散文詩運動をすすめていたころの、名残香がこの詩にはただよっている。新奇ばかりの、しかし超現代詩運動として詩史をぬりかえた時代の痕跡が色こくある。ただし、「ネオ（新）・リアリズム（現実主義）」詩が戦後社会をほりさげる詩法＝テーゼとなりえたのかといえば、ぼくには「否」というほかはない。つまり、時代とはふつりあいな語法だった。

そこで、対極の長島についてだが。かれには戦時中の三九年にさいしょの、昭森社からだした「戦争詩集」がある。題して、『精鋭部隊』である。傷病兵として豊橋の陸軍病院に入院していたときのもので、とうぜん検閲のあと出版されたものであった。

明るい甲板の上に立ち
私達は霧のやうに遠のいてゆく
上海を見ても
白衣の中には誰ひとり

叫ぶ声もなかつた
それは深い夜の悲しみのやうに
燃える亜細亜の記憶を手に取れば
いくつかの戦死した友の眼が光る
この眼
あの名もない山奥の隅に
私の瞳を待つてゐると思へば
いかに傷いても
再び祖国の土を踏むことが出来ようか
風吹いて　雲が飛ぶ日
私はもう口笛が吹けなかつた

詩集は出征から中国戦線での戦闘を〈日記風に〉時系列によって構成されており、被弾負傷後、帰還する日をうつした二篇のうちのひとつ、「帰る白衣」が上記の詩であった。出征時の詩人仲間による口笛でおくられた歓喜の光景とはことなり、波止場の憂愁だとか、無言の出立は戦場で体験したさまざまな無念の存在を暗示していた。このリアリズム詩の延長から人間存在を問う詩篇「銃口」にみられたような、戦後を代表する詩集『黒い果実』が誕生し、「戦後」詩ははじまったのである。

その2

いったいデタラメな語法＝破格が、作意によって現代詩にもちいられるのはなぜだろうか。読者層をせばめ、さらにいっぱんの本好きからひんしゅくをうけてまでだ。

短歌の世界では、こんな話がある。岡井隆による道浦母都子の歌集『無援の抒情』（雁書館　一九八〇）にたいする批評が、一九九一年四月の『現代短歌　雁』（一八号）にのっている。この歌集は七〇年前後の学生運動、全共闘世代にあまねく支持をうけていた。しかし、かれが〈承服しがたい〉一首――〈ガス弾の匂い残れる黒髪を洗い梳かしてきみに逢いゆく〉にたいする異議を、『道浦母都子全歌集（資料編）』（二〇〇五）から再引用してみる。

わたしの承服しがたいのは「逢いゆく」という表現である。「逢いにゆく」ならわかる。「逢いゆく」はわからない。「逢う」という行為が、何日も連続することをいうのが「逢いゆく」である。（語りゆく、並べゆく、たべゆく、すべてそうだ）。この歌は、ある日ある場所をうたっている。また、それでなくては、〈瞬間の詩〉である短歌にならない。「逢いにゆく」としてこそ、一首は完成する。

（「I　作品・歌人論集」河出書房新社）

と、その理由をあげた。かの女が〈きびしく問いつめる批評の場〉をもたず、また〈欠点を刺すことのできる歌をこんなにたくさん持っていていいのか。この歌集を出す前に、つぶさに批評してやる先達はいなかったのか、不思議である。〉と、作歌にたいする「技術批評」は辛辣をきわめるものであった。伝統的な短歌の作法（語法）は、現代詩の世界とは根本がちがうということなのだろうか。

かれが異論を口にした十五項目のなかには、――〈ピアノひく君が見たしと告げられぬデモの疲れの果てにて逢えば〉とある短歌の、つぎのこんな「技術批評」もふくまれている。

これは「君」の使い方がまちがっている。これは「吾」なのである。「ピアノひく吾が見たしと告げられぬ」でなければならない、あるいは「ピアノひく君が見たし」を「　」でくるべきである。この歌の「デモ」というのを「バイト」とかえてみれば、この歌の甘ったるさがはっきりするだろう。バイトもデモも生活としては等価である、という認識が欠けている人は、わたしのことを、情況を無視した批評ととるだろうが、短歌は行動や生活の再現なんかじゃない。別世界の現実を、ことばによって創り出していなければ、ことばの芸術ではない。この芸術観は、一見すると古風だが、昔から今まで、この根本義はかえようがない。

短歌の作法「根本義」にしたがってコトバづかいのまちがいを指摘したものである。だけど、どうなんだろうか。ただしくは「君」でなく「吾」なのだろうが、読者のぼくは指摘にもあるカッコでくくった形の内容としてこの短歌を理解している。一首のなりたちをコトバとコトバの関係性からかんがえると、歌意はそうなる。ＡＩ短歌なら、語法＝言語データのパターンにしたがい破格はおこるまい。

しかし、ヒトがつかうコトバはちがう。まず、上記の引用歌が〈行動や生活の再現〉だけのもので、〈別世界の現実〉は存在しないのだろうか。つぎの問題として、コトバとしては一義的に〈バイトもデモも生活としては等価〉であったとしても、道浦母都子個人にとっては〈等価〉ではあるまい。たとえば〈デモの疲れの果て〉に恋人とあい、かけられたコトバが〈ピアノひく君が見た〉いといわれれば、「そうじゃなくて」もっとべつにかけるコトバがあるでしょう、と不満、否、気持ちがイラック、といった作品内―主体が存在しても不思議ではあるまい。「アルバイト」でなくて「デモ」だからうまれてくる感情、つまり、岡井のいう〈別世界の現実を、ことばによって創り出し〉たことにならないのか。

読者（現実の読者）はテクストをよみながら、とどうじに作家（想定された作者＝作品内―主体）となって、原・作品とはことなるもうひとつのストーリーをうみだす。言語の属性が恣意性にあるから、もうひとつのストーリー、メタ・テクストがうまれる。コトバの「デモ」は受容する読者をえることで、多義的な意味性が喚起される。W・イーザーによる「読者受容」論（『行為としての読書―美的作用の理論―』）である。それは読者がみずからの経験をとおして、言語使用者としてコトバを理解している結果なのである。おなじことが道浦にとっても、その読者も「アルバイト」でなく「デモ」だからうまれ喚起される意味があるのだ。

その3

道浦母都子の短歌のうけとめ方、そのことは、〝現代詩〟のデタラメな語法をかんがえるうえで示唆にとむ。なぜ、現代詩では短歌のような伝統的な作法が放棄され、破格の語法が試行されるのであろうか。というより、破格の語法を競演するのであろうか。ここでは戦前のモダニズムの手法をまね、ネオ・リアリズム詩の奇想をつらねた殿内芳樹とはんたいの、敗戦後日本のまもない詩状況をみてみようとおもう。「戦後詩」のはじまりをかんがえるために。

そこで、さいしょに白石かずこの場合。かの女は一九九六年に自伝〈わたくし史＝詩〉『黒い羊の物語』（人文書院）をだしているので、女性詩人としてのその先駆者像をたどることができる。まず、破格の語法にかかわる話題を紹介するまえに、かの女の詩一篇をあげてみる。

青いレタスの淵で休んでると
卵がふってくる
安いの　高いの　固い玉子から　ゆで卵まで
赤ん坊もふってくる
少年もふってくる
鼠も英雄も猿も　キリギリスまで
街の教会の上や遊園地にふってきた
わたしは両手で受けていたのに
悲しみみたいにさらさらと抜けてゆき
こっけいなシルクハットが
高層建築の頭を劇的にした
植物の冷い血管に卵はふってくる
何のために？

〈わたしは知らない　知らない　知らない〉
これはこの街の新聞の社説です

（思潮社版『白石かずこ詩集』一九六八）

デタラメな語法で奇譚物語をきそった結果の詩だったが、この表現こそが北園克衛の「VOUグループ」のモダニズム詩であった。十七歳で詩をかきはじめ大学生になった五一年に、北園のすすめがあり書きためた十篇の詩に四、五篇をくわえ第一詩集『卵のふる街』（協立書店）を出版する。上記の詩は、詩集の表題とおなじタイトル「卵のふる街」である。

暗い通り　みすぼらしい街
雨が降っていて　すこし寒すぎた季節
レインコートを着て　黒い傘をさし
いくら手をふってもタクシーがとまらない
ので　歩きだした　わたしたち
からだを　ぴたりとつけて
の前に　どんな未来が？
ずぶ濡れになりながら歩いた時のことよ

〈暖かいホテル
ぬくもりあった
からだ
愛についての数々の言葉や
しぐさは
何ひとつ
おもいだすことないのに〉

（思潮社版『白石かずこ詩集』）

六五年にだした詩集『今晩は荒れ模様』中の一篇「ストリート（street）」である。かの女の真性のいったんともいうべき詩精神がうたわれている。エッセー集『わたしの中のカルメン』によれば、詩作をやめ「放浪」だとか「挫折」とよんだながい空白期があった。『黒い羊の物語』には、

ふしぎなことに若い新入りの詩人たちは北園克衛に教育をうければうけるほど、どんどん上手になるが、わたしは逆にやせ細り、貧弱な詩になる。一行一行は完成しても全体の器が二流になり発表を恥じて九年間の沈黙がはじまる。

と、説明がある。モダニズムの言語遊戯ではみたされないのは、〈自分が溶解していく心もとな〉い喪失感をおぼえたからである。だから、

誰もが過激でなければ生きているような気のしない時代。珈琲とケーキのモダニズムのレトリックを手品師のようにマスターし、遊び終った子供はもう真剣以外には興味がなくなる。

（『黒い羊の物語』）

と、その本性があらわれる。

また、〈二十二才の時、モダニズムの在り方に疑問をもち、わたし自身の表現したいものに、最もあった詩の方法を探すべく離れた。〉、ともいっている。かの女は七歳のときにカナダのバンクーバーから帰国し小学校では、たどたどしい日本語から〝外人〟と差別されイジメにあい疎外感を経験する。そして、〈十代の終わりから、魂がジプシーの仲間にはい〉って〈自分の心を流浪させたのである。〉という、経緯をたどっていた。

詩活動再開後の復活劇は、周知のとおりである。六〇年の『虎の遊戯』（世代社）からH氏賞の『聖なる淫者の季節』（思潮社）までは、カウンター・カルチャーの旗手にふさわしい行動力をみせた。時代がもとめていたあらたなコトバの発見がかの女の体験ときりはなせないのは、道浦母都子の場合もおなじであった。現代詩が「思想」の深化をともなって

成立することを、あらためて白石は身をもって実証した。それは、「詩史」詩壇にとっても戦前昭和のモダニズムとの決別でもあったことになる。

その4

それではつぎに、鮎川信夫による「現代詩」の発見は。

Mよ、昨日のひややかな青空が
剃刀の刃にいつまでも残っているね。
だがぼくは、何時何処で
きみを見失ったのか忘れてしまったよ。
短かった黄金時代――
活字の置き換えや神様ごっこ――
「それがぼくたちの古い処方箋だった」と呟いて……

（第三聯）

この五聯二十九行の詩篇「死んだ男」で、ぼくが注目するのは上記の箇所とあとにあげる第五聯であり、それとこの詩がかかれた時期である。かれの、二十七歳にあたる。

話をすすめるためさいしょに断っておくと、〈M〉は早稲田高等学院時代の詩友だった森川義信のことである。かれがビルマで戦病死したことを、戦後四七年一月の『純粋詩』に発表したのが「死んだ男」であった。ところで〈短かった黄金時代〉の〈ぼくたちの古い処方箋〉は、文脈のうえではこの〈処方箋〉が〈活字の置き換えや神様ごっこ〉であることだとしても、それでは〈黄金〉のみじかかった青春時代のどんなことをいったものだったのだろうか。西原大輔の『日本の名詩選3』（笠間書院　二〇一五）の「昭和戦後篇」にこの脚注があって、その説明のなかの〈『国民新聞』の校閲をやっていたこと〉とある指摘箇所のみについては、べつの推測をしてみたいとおもう。

森川とふたりとの関係でいえば、鮎川が父の仕事のアルバイト〈校閲〉をしていたことでなく、文脈からもモダニズムの言語遊戯〈古い処方箋〉のことで、コトバ遊び〈活字の置き換え〉のことではなかったか。例のあの、デタラメな語法で詩作しあった、ということである。鮎川の詩篇「十二月の椅子」中なら、

退屈な街は
煤けた家具の断面だけを見せ
ふとなにげなく止絶えたところから
水の中に影だけにたたまれて

静止していたものが動き出したとき
闇の一滴がひそかに舌から辷り落ちた

と、コトバ遊びのフレーズがでてくる。この手の詩表現は、七一年の『1937―1970（鮎川信夫自撰詩集）』（立風書房）中の戦前三七年から四五年までの詩を特徴づけていた。また、七七年にかれがあんだ『森川義信詩集』（国文社）のなかには、

背中の寒暖計に泪がたまる
影もないドアをすぎて
古びた時間はまだ叩いてゐる
あれは樹液の言葉でもない
背中の川を声だけで帰つてゆくものたち
（「雨の出発」）

という詩がおさめられている。この詩表現にも破格の語法〈活字の置き換え〉、モダニズムとくゆうの「表現」であるコトバ遊びがうかがえよう。そして〈短かった黄金時代〉をうつしたらしい詩も、収録されている。

友よ覚えてゐるだらうか
青いネクタイを軽く巻いた船乗りのやうに
さんざめく街をさまよふた夜の事を――
鳩羽色のペンキの香りが強かつたね
二人は　オレンジの波に揺られたね
お前も少女のやうに胸が痛かつたんだろ？
友よ　あの夜の街は新しい連絡船だつたよ
窓といふ窓の灯がパリーより美しかつたのを
昨日の虹のやうに　ぼくは思ひ出せるんだ
それから又　お前の掌と　言葉と　瞳とが
ブランデーのやうにあたたかく燃えた事も

タイトルは「衢路」。青春時代の懊悩から、人生の「別れ道」をうたった冒頭の部分である。森川は三九年に学院を退学し、四二年にビルマのミートキーナで歿する。ということは、「死んだ男」はかれの死から五年たったとき、戦後四七年に発表した詩になる。その第五聯にはこうあって、詩篇はとじられる。

埋葬の日は、言葉もなく
立会う者もなかった、
憤激も、悲哀も、不平の柔弱な椅子もなかった。
空にむかって眼をあげ
きみはただ重たい靴のなかに足をつっこんで静かに横たわったのだ。
「さよなら、太陽も海も信ずるに足りない」
Mよ、地下に眠るMよ、
きみの胸の傷口は今でもまだ痛むか。

鮎川の「戦争」詩は、長島三芳の詩集『精鋭部隊』とはことなりかこくな戦場体験ではない。「死んだ男」とか「病院船室」のように、他者の死をストーリーに「入れ子」のかたちに組たて〈仮構されたヴィジョンとして形成〉物語った（『1937—1970』「詩的自伝として」）。こうした手法の発見が、戦前モダニズムの言語遊戯を否定する「死んだ男」からはじまる。ということは、かれにとってはコトバの発見にかかわる語法の一種である「戦後詩」の出発である。白石かずこは、そのころの「荒地」事件を『黒い羊の物語』に記録していた。

戦場の地獄から戻ってきて肺を病んだりしている「荒地」グループと「VOU」と

は本質的にあいいれず、わたしが早稲田大学文学部芸術科の演劇映画というところに入って間もなく、彼らはたもとをわかつ。「荒地」はしばらく間借りしていた北園克衛をリーダーとするモダニズムの拠点から、砂けむりをたてて出ていくのだ。

と。

急

その1

おそくなったが、「序」では取りあげなかったこと。――なぜ、いま九〇年代の新人賞とくくられるH氏賞詩人をとりあげるのかは、ふたすじの「詩史」をかんがえてのことである。そのひとつが直近、八〇年代のポスト構造主義者の喧騒、そのざわめきのあとの歴史的なむすびつきのいっかんとして九〇年代を検証してみることにある。もうひとつが、現在二〇二二年、ロシアのウクライナ侵略でみえてきた二一世紀、二十年の歴史状況のなかで、そのまえ九〇年代の十年を検証することである。戦後詩の関心は、そのためのものであった。

上記「破」の段をもうけたのは、七〇年代までの詩の環境と八〇年代の断絶を意味づける必要をかんがえたからである。七〇年代までは、「戦後詩」の継続としての詩状況がつづいていた。そして、その戦後詩は、アジア太平洋戦争の敗戦という体験をぬきにしては成立しえなかった。戦前昭和の現代詩「モダニズム詩」は、第一次世界大戦後にはじまる前衛詩の改革運動をつうじて近代詩の延長のなかからうまれていた。おなじ現代詩とよびならわしている「戦後詩」とは、戦前昭和のそれとは相いれないものであった。このことは、だから基本認識でなければならない。

ということで、戦後詩はそれいぜんの現代詩を否定したうえでなり立っていた。その例題として、殿内芳樹と長島三芳とを比較してみた。そして、そうした詩状況をささえたのが読者であった。戦後詩は、戦場または戦災を体験した読者によって誕生した。カウンター・カルチャーをおしすすめた、その読者は六〇年代のあらたな権利拡張をめざし闘争する若者であった。こうした読者があたらしい詩運動をつくりだし、また詩人として詩表現を革新したのであった。

このような構想をたてたうえで、白石かずこと鮎川信夫の詩を位置づけてみた。また、読者の存在をあきらかにしようと構想したのが、道浦母都子の歌集『無援の抒情』の受容の問題であった。おなじ射程で九〇年代の詩をかんがえたとき、問題として浮上したのが八〇年代に変貌した読者であるはずの若者の存在であった。予測したのはあらたな地平をひらいた「戦後詩」とおなじように、九〇年代のH氏賞詩人が「現代詩」を書記しなんらかの形であらためてはいないかという期待があった。

その2

八〇年代という時代の変容は、経済の高度成長によってもたらされた利害関係の複雑化により、いままでの資本家／労働者といった階級対立だけには還元できない大衆社会が出現し大量消費時代がとうらいしたことである。その背景には中流階級といわれる階層の存在があり、近代を象徴したマルクス主義思想が後退したり西洋流の理性中心の人間観が希薄化し、生産から消費へとヒトの行動に変化がうまれていた。

こうした変容に呼応していたのが、ポストモダニズムとよばれた近代思想にかわる「現代思想」の流行であった。読者論も同時におこり、ニューアカ（ニュー・アカデミズム）グループの方法として学際の垣根をこえジャンルを横断し、あらたな趣向となっていまは一般化している。ということは、戦後詩をささえていた環境「大きな物語」（リオタール『ポスト・モダンの条件』）がうしなわれてゆく、イデオロギーが散佚するその推移をあらわすものであったということになろうか。

このフランス哲学仕込みのモデル「現代思想」を日本にもちこんだのは、浅田彰であった。八三年、かれの著作『構造と力』（筑摩書房）でブームがおこり、本稿のモチーフのひとつである若者の存在をぬりかえたのである。近代家族を解体する「スキゾ・キッズ」というコトバをつかい、ひと処に定住せず気まま自由に生業をわたりあるく「逃走する若者」ノマド（遊牧民）を、その当時は時代にマッチした「フリーター」とよんで肯定的に理解していたのである。今日ではかんがえられない、非正規雇用の労働者をさしてのことだ。

ここで九〇年代の詩をとりあげる予定だったところを、まわり道をし「スキゾ・キッズ」と表裏の関係にある「都市」論にふれておきたいとおもう。戦後からつづく日本とは、その様相がかなりことなっているからである。まずは、横堀利明の〈多様なメディアが存在する今、表現主体が選びとる方法も様々である。それはある場合音であり、映像であり、更には都市であり、建築である。〉とあげた課題を、都立北園高校の「国語表現」での実践授業をとおしえられた論考が榎本隆司編著『ことばの世紀（新国語教育研究と実践）』（明治書院　一九九九）に収録されている。八九年度の「山手線と駅の広告調査」、および九六年度の「百貨店調査」の授業報告で、表題は「『百貨店』を論ずる――フィールドワークによる表現指導」である。その舞台は、広告都市「東京」になる。

つぎに引用するのは、山手線の車内広告と駅構内（新宿、東京）の掲示広告をウォッチしたレジュメの「考察」のなかの一部である。

広告とは何ぞや?それは嘘の塊である。現代の広告は情報を伝えるよりも、いかに強い印象を与えるかに重点が置かれているので、インチキなコピーや写真を載せているのだ。(…略…)我々は騙されてはいけない。嘘を見破る目を養わなければならない。

リサーチをつづけるなかで気づいた、「広告」にたいするプロパガンダの価値〈いかに強い印象を与えるか〉を告発調にまとめたものである。このつづきは、さらに正論だ――〈もし、人々が疑うことをやめ考えることを放棄したならば、ナチスのドイツや軍国主義の日本のように思想統制が行われてしまうだろう。危険だ!〉、と。この年の授業参加者は、このあとにとりあげる東浩紀と北田暁大とおなじ七一年生まれの生徒である。

つぎのものは、デパート(新宿の高島屋、三越、伊勢丹)を店員のインタビューをふくめウォッチしたレジュメの「結論」にある、マーケティングリサーチ風にまとめた未来予測がきようみぶかい。

此れからの時代、スーパーと張り合うためには、デパート自身が古典的イメージから脱皮し、市民の生活の中心を造ろうとする努力が必要とされる。それは結果的にデパートの「街化」という言葉に集約されるだろう。デパートが総合的な「場」を提供し、デパートがデパート自体で発展し、充足する未来が来るのだろうか。それは本物の街にも反映され、街のデパート化さえ促すだろう。

なるほど、とうなずいてしまうレジュメである。この報告者は柄谷行人の愛読者だそうなので、その影響があるのかもしれない。そして、この七八年生まれにあたる生徒は、九〇年のバブル崩壊のあとの世相をみてとった節もある。「国語表現」の授業に参加した生徒は、本稿をすすめるうえで恰好の年齢的なポジションにあったことになる。

つぎにとりあげる東浩紀と北田暁大のふたりは、北園の高校生とおなじ世代ならではの都市の空気感のなかですごしていた、にちがいない。そして、その〈おそらくいまの日本の「若手言論人」のなかでは、もっとも共通点が多い〉（「まえがき」）ふたりは長じて社会学、文化、哲学を論じる知識人として、NHKブックスの『東京から考える——格差・郊外・ナショナリズム』（二〇〇七）で対談本をだすことになる。東はそのなかで〈ゲーム〉感覚だとか〈ヴァーチャル〉な意識といった常套句をもちいているが、文章としては、〈僕の出発点は、そんなヴァーチャルな地元感覚にある。これもゲーム的なメタファーになる〉と書記してみたり、「ヴァーチャルな渋谷」を〈現実の身体と切れているという「ゲーム」的な感覚〉といいかえてみせたのである。北園の高校生が「広告」を、〈インチキなコピーや写真を載せている〉と直截的にあらわしているフレーズは「現代思想」の立場からなら、東の〈ヴァーチャル〉な意識だとか〈ゲーム的なメタファー〉につうじている、とぼくにはおもえてならないのだ。

モノに「誘惑」されたり「消費」する欲望の内側——「広告」のプロパガンダには、未開社会の奇跡をしんじるヒトの心性がひそんでいるらしい（ボードリヤール）。ポストモダニズム——〈一九八〇年代的／現代思想的な言説〉（東の「まえがき」）を経験した流儀が、現代人にたいしても、東による上記のメタ・レベルの抽象的な書記にいいかえられ表現されていたのであろう。もともとがプロパガンダである広告の欺瞞性を、虚構性にズラし消費の誘惑へさそうという都市にあふれる「記号」の体系は、広告だけでなくデパートもおなじである。当時の高校生の知識では、哲学者で批評家東の言語使用はまだその外部に属する表現ではあったことであろう。

北田が自著『広告都市・東京』で、〈東京の都市変容を説明〉しとりあげたときのことを、

都市を舞台として捉えるという発想そのものがきわめて八〇年代内在的なものであって、九〇年代以降はそうした都市の捉え方は通用しない（…略…）そういう変容の描き方自体が八〇年代的な言説空間の内部にある、という気がしてきましたね。

と、みずからの作品を神奈川県在住の〈高校生のまなざしから作られている〉とおもい返したときの言説である。こうした箇所をよんでいて、北園の高校生が近代〈古典的イメージ〉のデパートを脱構築し、〈総合的な「場」を提供し〉〈街のデパート化〉をつくりだすといったような未来予測「ポストモダン」を、ぼくは連想してみたりした。〈都市を舞台〉に街を遊歩していた高校生にも、消費社会論のテーマパークとしての「都市」が身近な存在だったのではないかと、おもってみたりもしたものである。

その3

二十歳台の若者が時代の雰囲気を肌でかんじ、九〇年代にだした詩集がH氏賞にえらばれる。そんな好都合は、やはりおこらなかった。九〇年代、十年のディケイド、その間のもっとも若年の受賞者は一九六一年うまれの片岡直子で、受賞した九六年のときは三十五歳であった。ついで、九八年に受賞した貞久秀紀が五七年うまれなので四十一歳のときになる。おどろくことは、その間に戦前三五年うまれの杉谷昭人、四〇年の以倉紘平のふたりが受賞していることである。八〇年に、片岡が十代さいごの年に足をふみいれ、貞久は二十三歳のときであった。ちなみに杉谷は、四十五歳であった。さらに、二十歳代で八〇年時代を体験していたのは、高階杞一と岩佐なをのふたりであった。そんなわけで、本稿のモチーフと関連するかれらも、八〇年代との関係を検証する対象の詩人である。

こうした数字並べには、どんな意味があるのだろうか。八〇年代のポストモダニズムとよばれた近代思想にかわる「現代思想」の流行期、「戦後」とくくられていたそれまでの時代の変容がはっきりし、ノマドを気どり「逃走する若者」像が寵児のようにかたられていた。かれらは、戦前のモダニズム詩を否定し「戦後詩」をうみだした若者とかカウンター・カルチャーをおしすすめた六〇年代の青春群像にたいし、どのような役割をはたしていたことになるのだろうか。詩の問題としてかんがえ、ぼくは片岡直子だとか、あるいは貞久秀紀を位置づけてみたいとおもっているのだ。さらに、高階杞一と岩佐なををふくめてもよいとかんがえた。いか、この四人をとりあげてみる。いま二〇二二年、すでに三十年をすぎた八〇年代の変容期が歴史的な対象として整理しておかなければならない事態が地球上におきており、「第三次世界大戦はもう始まっている」（エマニエル・トッド）といった言論をふりまくような人物があらわれているのも理由のひとつで、本稿おわりにこの問題にふれ整理しておきたい、とおもう。

そこで、片岡直子の受賞作『産後思春期症候群』（書肆山田　九五）のなかから、銓衡委員のひとり小松郁子があげた詩のなかの一篇、つぎの、

しんでも

からだだけはそっとしといてほしかった
たこねえちゃんはびじんです
こゆびとこゆびとつないで
あたしたちはこゆびと
なつやすみのぷーるにかよいます
じゅうごめーとるのぷーるを
いっせいにくらすじゅうでおよいだら
たこねえちゃんだけ
うかびあがってこなかった
（…略…）
いってしまうたこねえちゃん
「たこねえちゃんいかないで」
いみたんがさけんだところは
いまやせぶんいれぶんいいきぶん
そのちゅうしゃじょうになった
しちがつよっかがきても
たこねえちゃんはじゅういちのまま

あたしたちだけさんばいもとしをとった
そのせぶんいれぶんいいきぶんは
おそうしきやったところなんだぞ

この「たこねえちゃん」を、かの女は〈語り口に独特の味のある生活記録風の作品で〉、〈おちのように末尾に置かれた意表をつく行がからっとしたしたたかさを快く感じさせてくれる。〉と読後感をかたっていた。詩創作者が、その体験をかたった趣である。たとえば、高柳誠の〈エネルギーは未来をかんじさせるものの、まだ肉体の言語の表出にとどまっていて、言語の肉体にまでは達していない〉といった説明は、詩の創作者である評者にしかわからない「言語行為」比喩なのではないかとおもえてならない、のだが。

こうした選評のように、銓衡委員の説明はおおくが印象批評でありときに技術評がくわわるていどで、同時代評の守備範囲のものといったらよいだろうか。また、〈大胆な語り口と天性のものと思えるリズム感が現代詩の定型を打ち破る可能性をもつと期待できる反面、行き先不明の不安定感が指摘された。〉――この野沢啓の内輪話らしい紹介の一節から、ぼくはきょうみの対象である八〇年代の若者ノマド像を「片岡直子」に連想してみたりしたが、かの女の詩と〈現代詩の定型を打ち破る〉とある関係性がどうしてもおもいつかなかった。詩表現に表出している〈語り口〉と〈リズム感〉は、今日にいたってその変革性がどうだったかということでは、引用文後半の思惑のほうが的確だったとおもうのではあるが。ただしかし集中の詩篇、詩集の表題となる「産後思春期症候群」だとか「赤ちゃんの子宮」の題材は、詩表現のあたらしい領域を発見しているので、八〇年代という変容しつづける時代だから出現した詩だったとはいえそうである。

その4

では、貞久秀紀の詩を。かれの場合は、集中『空気あつめ』（思潮社　一九九七）のどの詩をひいても、銓衡委員の寸評にあてはまるような詩篇が収録されている。コトバの遊戯性と主題の欠如が、あからさまだからである。

木造アパートの
窓から布団を垂らすひとに
下から「よお」と叫ぶか
叫ばないかのうちに
棟ちがいの
真昼よりもあかるい方角から

「忘れたのか」
覚えのある声がひびき
向きなおすと二十年前とかわることなく
坊主頭のまま
中空の
窓に腰かけている
凸《でこ》であるのに狭いひたいの
生えぎわを剃りそりおとしているのも
青青とおなじだ
下からふたたび「よお」と叫んで
酒瓶をもちかえ
小刻みに歩をゆるめながら
正しいほうへ歩みよろうとするが
友も
垂らすひとも
視野からゆるやかに締めだされて
世界はやわらかく

春へ
閉じてゆくらしい　（「枠」）

そして、特色をもうひとつくわえると、物語の転変――「物語性」ナラティブに特徴がみてとれる。たとえば、高橋渡の〈意表をついて展開される詩想〉という指摘は、詩篇「枠」のおわり三行にもあてはまっている。たぶんである、酩酊し転けたあとのうすれゆく意識をあらわした表現はそれまでの物語表現とはきりはなされたべつ次元にうつされた写生にきりかわっている。かれの読者を〈たぶらかす技術〉、〈その手練はしたたかな工夫が凝らされ〉ている、と肯定し評価をしているのは岩佐なをである。詩篇「枠」は、その例である。

コトバの遊戯性については、倉橋健一が〈言葉がしなやかでうまく撓むので、つぎつぎと感性の冒険ができるのだろう。〉と、魅力的な〈独特の言語感覚〉に感心しこころよせている。この点は、銓衡委員がみななんらかの形でふれているところである。貞久自身は、〈ことばとその指すものとのずれがおもしろく、ときには、ことばとその指すものとがきちんと嚙みあわされるまえの世界をあらわにしてくれさえするかもしれない。〉（「覚えちがいではなく」）と、受賞特集号によせている。言語のもつ恣意性を指摘するだけではなく、コトバのズレ「差異」がもつ異化作用にふれており、かれの詩表現は計算のうえでなりたっていたことがわかってくる。

そこで、ぼくがもっとも問題にしたいのは、「主題の欠如」についてである。本稿のモチーフからかんがえてみると、かれの詩が八〇年代の要素をディケイド十年の受賞作品のなかではもっともあらわしてやいないか、とそうおもえてならないからである。だから、かれの「略歴」には小説作者から詩作にうつったのが八六年、二十八歳の頃だとあるのも偶然ではなかったということになるのだろう。

小長谷清実は、貞久の〈アッケラカンと開放的な〉〈奇妙な世界〉——詩篇「枠」にもあてはまるだろう——を、〈世界と呼ぶには中心となる核もなく、輪郭もおぼろである。あるのは生の束の間の通過状態、所作と気配のごときものである。〉とみており、〈世界と呼ぶには中心となる核もなく〉と、輪郭のめいかくな主題性についてはその存在をみとめない。物語があっても主題はない詩、それが貞久の詩の特色である。「戦後詩」であるなら作品としては失格ということになろうが、そうしたかれの詩を、〈なによりも着想の新鮮さがいい。(…略…)その冒険精神と勇気に拍手したい〉(岡島弘子)だとか〈若々しい新鮮な言語感覚、言い表し難いものを表現する能力に惹かれた〉(甲田四郎)とよみとっていた銓衡委員もいる。詩表現では、物語と連結しているはずのコトバの遊戯性は物語性(ナラティブ)とともに傷痕とはならずに、ぎゃくに評価されるべき要件であったことになる。

こうした傾向を助長したのが八〇年代のポストモダニズムの流行だったことは、よういに推測することができる。近代西洋の普遍主義が後退してイデオロギーも効力をうしなうと、関心は「大きな物語」から「小さな物語」へうつっていった。こうしてひとびとが断片的な物語にきょうみをうつしていったポストモダン状況を、東浩紀はヒトの「動物化」とよんで、二〇〇一年にだしたサブタイトルを「オタクから見た日本社会」と題した著作で生きかたにも変化がうまれている原因と指摘する（『動物化するポストモダン』）。ただし、貞久とポストモダニズムのかかわりについては不明である。とはいえ、かれの詩表現には、そうした時代の「スキゾ・キッズ」のかるいノリにたわむれノマドを気どる若者との類似性がみてとれるということではある。

小長谷の見たてを敷衍すると、滝いく子の主張にたどりつくはずである。

私としては実に単純だが、分かる詩がいい。言葉は勿論のこと、その詩をとおして書き手のみえる詩がいい。（…略…）『空気集め』は普通の言葉で書かれた一見読みよい本である。素材は日常の寸描でありながら、日常の後ろあるいははみ出た意識が書かれているらしい。すくい取って少しのユーモアで放つが、つきつめる眼差しが感じられない軽さがとても惜しまれた。

（「書き手の見える詩」）

この見解は、〝現代詩〟も詩でありそのための条件をあげている。コトバの遊戯性をきそい、破格の語法をつらねることだけが現代詩ではあるまい。詩が文学であるかぎり、「思想」の深化をもとめる〈つきつめる眼差し〉――主題性は、〈詩をとおして書き手のみえる詩〉からうまれ、「文学」として完結する。もういちど滝の意見を、ぼくはかんがえてみたいとおもった所以である。ちなみに甲田四郎とともに、かの女は、この年のH氏賞はがいとうする詩集なしと意思表示し票をとうじていた。

その5

岩佐なをの受賞詩集『霊岸』（思潮社　一九九四）は、銓衡委員全員の圧倒的な支持をうけた。時代的な空気感といったようなあいまいなものでなく、かれのオリジナリティーをみとめるものであった。〈異端の詩集の出現〉をきたいする委員長の鶴岡善久が〈さまざまな点でH氏賞にふさわしい詩集である〉といってみたり、また、〈現代詩の未来につながる期待をこめて、〝感覚と発想が勝負〟という選び方は終わりにしたい〉とする、埋田昇二は、

詩集『霊岸』は、「霊岸」という題名から霊的世界を描いているようにとられるが、異形の意匠をとりはらってみると、きわめてリアルに現代社会に生きる人間の底知れぬ喪失感と昏冥の水底からかすかに灯る生の蘇りのダイナミックな予感が感じられ、

官能的な芳醇なイメージの展開による言葉の色彩にも魅せられた。

（「言語至上主義とくくることはできないにしても」）

と、全面的などというよりは〝愛は盲目〟といったたぐいの称賛ぶりであった。

その詩集は「水之部」「地之部」「霊之部」「雑之部」の部立に、九一年七月の詩雑誌『孔雀船』にのった「まもり」から九四年六月の『時計店』の「霊岸」まで二十九篇の散文詩とか行分け詩など、しかも長編の詩がおさめられていた。とにかくも、〈多彩多岐多弁多語〉（支倉隆子）の〈迫力に富んだ〉（杉谷昭人）詩集である。

それでは、「雑之部」に収録の「脳夢譚」をひいてみる。

右脳を歩く
左脳に渡って「休め」の姿勢で
しばし佇む
足許は湿地帯の地面を踏む感じで
溝には澄んだ液が流れている
裸足になってぬめる大地にのの字を書く
ゆるやかに記憶を刺激する

（…略…）

脳という地平にはとりどりのものが埋まっている
ひとがたの記憶さえも
見過ごしがちな合図や不穏なまなざしも
あまりほじくりすぎるといけない
田畑ではないのだから
耕してもいけない
薄明のかなたに血まみれの月が昇る
満月がふたつも
いや、あれは血眼の裏側だよ、と
私が私に言う

上記の銓衡委員の言論が反映している詩だと、ぼくはおもう。
さてそこで水野るり子の評から。かの女は、〈翻訳不可能とも思える柔軟な日本語の操り方に、詩の新しい領域を開く可能性をもつ〉とみたてたうえで、〈語りの自在さ、豊かな想像力を展開するレトリックの自由奔放、とぼけたユーモアなど混然となって、読み手を彼一流の妖かしの舞台に引き込んでゆく手腕〉におどろいていた。この文言をよみながら、ぼくは、荒川洋治のせんれつなデビューとその後のトリックスターとなってゆく、かつての姿とが「岩佐なを」とかさなってみえてきた。と同時にぎゃくにというべきか、ノマド像を連想したりもし八〇年代の残像をもかんじたりした。

また、詩を「文学」にしたてるテーマ性をかんがえながら、表題の「脳夢譚」と題材の「脳」とのイメージがむすびついていなければならぬ「物語性」ナラティブからは、なんらの暗喩性を発見することはなかった。評者たちの見解はそれとして、つまり変容する社会のなかで骨ぶとのまえの時代をのりこえ、「詩」を自立させる途筋がいかに困難なものであるかがぼくにはよくわかった。しばしば問題としてとりあげられる伝統とのかかわりなくしては、あたらしそうにみえるだけでは後続のあたらしさにのみこまれてゆくだけであろう。埋田なら、そのことをよくしっているはずである。

その6

九〇年代幕あけの第四十回のH氏賞銓衡委員会は、大げさにいえばおおあれであった。受賞詩集は、高階杞一の『キリンの洗濯』でおさまったのだが。委員長の平林敏彦はべつの作品をおし、かれの詩集にたいする不満を、〈一種の芸を思わせるこの詩人のうまさに危惧を感じるからである〉と説明したうえで、こうつづけた。

詩がうまいに越したことはないが、まとめて読むと対象のとらえ方は類型的で、時代の言語表現としてのインパクトに欠ける。習熟した技法のゆえに緊張感が弱まることもあろうが、それよりも現実に対峙する詩人の姿勢に、あえて言えば逃避的な傾向がみてとれるのである。

（「生の輝き――『輪ゴム宇宙論』を推す」）

と。かれの根底には高階の詩――語法だとか詩的な言語使用に、〈現代詩を衰弱的な状況から蘇生させる力にはなり得ないというのが私の正直な読後感〉がのこって、上記の判断がうまれていた。

ところで、コトバとコトバをむすびつける「統語論」シンタックスには限度があり、詩であるからといってどんな語法をもちいてもよいというわけではない。本稿冒頭で高階の詩篇「春」をあげ、そのシンタックスが異形であることをあげみておいた。平林の言論が、ぼくにはかれのその詩的な言語行為にたいする姿勢を詰問していたのだとかんがえている。つまりは、ひろく文学としての詩の存立にかかわる問題を取りあげていたことになるのである。だからこそ〈現代詩を衰弱的な状況から蘇生させる力にはなり得ない〉とまでいって、高階の詩のありかたを論難したことであろう。

しかし銓衡委員会は、平林のかんがえとはことなる真逆の方向ですすんでいたようである。各委員の講評をよんでいて、集中その「Ⅱ」からつぎの詩篇「明日は天気」をとりあげることにした。コトバ遊びの「春」とは、またべつの言語行為を検証しておきたいとおもった。書きだしから、つぎの展開にうつるまでは、こう〈わたしが呼ぶと／わたしがこたえる／わたしがうなずくと／わたしが怒り／わたしが笑う／わたしが泣くと／わたしが慰めにきて／わたしが怒る／わたしは笑い／決して誰にも怒らない〉とあって、そのあといかのようにつづく。

誰にもわけへだてなく笑い
誰の傘にもはいらない
誰もが陽気に笑うので
雨の日は
びしょ濡れになり
いつも急いで帰るふりだけをする
帰ってくると
たくさんのわたしが泣いて
たくさんのわたしが責めるので
わたしは笑い

怒ってしまう
てめえら甘ったれるんじゃねえ
と壁に
わたしを並ばせて
頬の晴れ上がるまで片っ端から殴る

と。

言語遊戯といえば、詩のぜんたいがコトバ遊びである。誤植だとおもったさいごの行の〈頬の晴れ上がる〉は〈頬の腫れ上がる〉でなければ、文のシンタックスは成立しない。それとも〝現代詩〟なら、こんな破格の語法〈頬の晴れ上がるまで片っ端から殴る〉までゆるされてしまう、ということなのか。また物語性についても、言語遊戯を軸――《陽気に笑う／雨の日／びしょ濡れ》――にした展開になっている。とまあ、〈一種の芸を思わせる〉〈習熟した技法〉（平林）、つまり高階の流儀なのである。

ところが、平林いがいの銓衡委員には、すこぶる評判がいいのだ。三井葉子がそんな空気を、

沈むほど重たくもなく、浮くほど軽くない。いと、をかしと思って手を切らねば致し

方ないような気分で読者を置き去る妙味である。書き残すうまさ、とでも言えばよいのか。つまり柔軟な認識、柔軟な表現力に大勢が魅かれた。

（「いとをかし」）

と、こうつたえている。そこで、

鎗田清太郎の場合――『キリンの洗濯』を〈現代版「大人の童話」的で、シンボライズされた動物たちがいかにも愛らしくそして哀れである。（…略…）現代生活の孤独と寂しさが底深いところで静かな音楽を奏でている。〉としたうえで、〈現代詩へのヤングの創作欲を鼓舞するに違いない。〉と、未来予測までをくわえていた。

また、中平輝の場合――『キリンの洗濯』に〈人間存在の不条理への凝視。それを包み込む諧謔。〉をみてとり、〈苦い人間意識を諧謔にくるんで、何気なく、しかもはにかみながら差し出す詩法は天性のものではなかろうか。〉と、讃美していた。

と、代表してふたりの評言を紹介してみた。

ぼくが本稿のモチーフと、ひろくいえば「修辞論」レトリックとをあわせてこだわったのは、八〇年代の日本社会に出現した変容が現代詩にどのような影響をあたえたのかをかんがえていたからである。その軌跡の一端は、かれ自身による「高階杞一・略歴」をみているときにも無関係にはおもえなかった。しかも水野るり子が〈奇妙なやさしさと救いのなさにみちた詩集がとてもよく分り共感できた〉り、あるいは菊田守が〈現実を素直にみつめ、悲しいことや重苦しいことが、軽妙な、ユーモアのある表現で書かれ〉ているとうけとめていたから、上記にひいた詩篇「明日は天気」をよみなおしてみたいとおもい、まためてかんがえてみたのである。

その結論を一言であらわせば、中平の〈人間存在の不条理への凝視。それを包みこむ諧謔。〉ということになる。上記、詩篇中の〈わたし〉、ヒトが日常生活で体験している身ぢかな人間関係を、詩人は「笑う」「泣く」「怒る」「慰める」といった身体語でつづったりし、それはだいたいがつらい体験になる。そして、読者の思考はしぜんにふかまり、〈人間存在の不条理〉という根っこにたどりつく。正装した観念的な言語にたよらずふだん着の日常コトバで表現された、そんな詩を受容する読者だから、みずからの経験をおもいかえしちゃんと哲学していることになる。銓衡委員の解説をよんだときの、いじょうがぼくのゆきついた感慨である。

それでは、しかし銓衡委員会が委員長の平林とほかの委員による見解が真逆だったことは、どんなことを意味しているのだろうか。この差異には、今日からみれば歴史的な意味あいがあったことになるはずだ。破格の語法がゆるされる時代が到来していたということである。継承不能な、高階ひとりだけの詩表現が公認されたのである。たとえばかつてのモダニズム詩といったようなひとくくりの方法論からうまれる詩表現ではなく、詩オタクとでもいったらよいジャンキーの登場だった。

このことは、そう、上記にみたポストモダニズムの世界である。八〇年代の「スキゾ・キッズ」の軽いノリにたわむれノマドを気どる若者の風潮が、詩の領域にもあらわれていたことになるのである。平林の〈現代詩を衰弱的な状況から蘇生させる力〉という正面きった問題意識は、「戦後詩」ともよびあらためもちいられてきた現代詩が断絶した時代状況では有効性をもちえなかったことがはっきりしたことになる。このことを、九〇年代初頭のH氏賞の銓衡委員会が証明したことになるのである。と、ぼくはそのように理解した。

その7

九〇年代、第四十回から四十九回までのH氏賞銓衡の特集を、詩雑誌『詩学』で閲覧していてつよく印象にのこった記事「選評」が二本あった。ひとりは九三年の堀場清子の「ひさびさの委員会で」であり、もうひとりは九四年の鈴木ユリイカの「贅沢な読者」である。前者の堀場は〈候補詩人の高齢化と、社会意識の希薄化に衝撃を受けた。〉と、銓衡時の実感をかたっていた。鈴木の場合は、推薦したのは五人の女性詩人である。そして、そのうちのひとり高塚かず子の『生きる水』（思潮社）が受賞する。このふたりは主義・主張がはっきりした詩人であり、おのずからの立場で銓衡にのぞんでいたことである。ちなみに九三年は戦前うまれ、五十三歳の以倉耕平によるたんせいな詩集『地球の水辺』（湯川書房）であった。

ところでその九〇年代の詩について、べつの形でふれてみたい。九九年九月号の詩雑誌『現代詩手帖』は、「九〇年代の詩人たち」の特集をくんでいる。その巻頭に討議「詩はどこへ行くか――詩的九〇年代の基層」が掲載されている。城戸朱理が問題を、

九〇年代の詩の検討ということで、とりあえず八〇年代からの横断線を引かなければならないと思いますが、（…略…）結局、九〇年代の詩のことばは、現実・歴史にどう対峙するか、というところから潜在的な質が決定されているのではないか。このことはたぶん二重の意味があって、つまり記憶と知覚です。記憶が歴史を、知覚が現在を把握する認識の営為だとすれば、九〇年代はそれが相互に侵犯するかたちで進行せざるを得なかったのではないか。個人的にはそう思っています。

（「九〇年代――歴史的現実の再隆起」）

と、提起していた。この枠組を基本に、城戸をふくめ野村喜和夫、守中高明、川端隆之が

それぞれの見解を展開させていた。守中なら、〈高度消費社会の、いわゆる都市型の感受性を極端化しつつことばに反映させた詩人たち〉のひとりねじめ正一をあげ、また伊藤比呂美だとか井坂洋子らの〈「女性詩」の台頭〉を、さらに松浦寿輝ら「麒麟」同人の「言語派」詩人をとりあげ、そして、八〇年半ばのその失墜〈空虚なカテゴリー〉が〈いまでも表現者をしばっている〉といった持論を展開していた。

さて「討議」では、野村が、本稿のモチーフと関連するきょうみある世代論を〈なかばフィクションと知りつつ、(略)ある種の意味がある〉と、ことわりをいれ、

もっと正確にいうと、七〇年代、八〇年代というのは、それなりにそれぞれの年代を特徴づけるパラダイムがあって、それに応じて七〇年代の詩人、八〇年代の詩人という立て方が可能だったと思うのですが、九〇年代にはもうそういうものが失効している。おそらく今後も詩の歴史のなかで九〇年代詩とか九〇年代詩人とかいう立て方はされないのではないか。なにかもっと漠然としたところに出てしまったという感じですね。

と、九〇年代の詩状況にたいする確信のこもった言質をのこしていた。世代論は時代論につうじており、八九年に東西の冷戦がおわり、またその年にインターネットがはじまった

時代環境をふまえ、かれは〈それ以後はもう事実上二十一世紀といってもいいような、そういう時代の流れがあるように思うんですね。〉と、いえば「大きな物語」をかたってみせた。九九年時点での〈なにかもっと漠然としたところに出てしまったという感じ〉といっていた根拠をかたったことになる。つまり、八〇年代に戦後詩が消失しその後、九〇年代の現代詩をかんがえてみたら、前時代の骨ぶとな戦後詩にとってかわるような「現代詩」がうまれなかった理由ともなる。さきの、堀場清子やあるいは平林敏彦の憤懣をときあかす理由になる、とぼくはおもった次第である。

もうひとつ「討議」のなかで目をひいた、川端の発言をとりあげたい。討議項目の「アメリカ主義と『わかりやすい詩』」という題は、かれの問題意識にそくしたものである。問題のほったんは〈九〇年代は、現代詩はダメだとか、終焉したとか、そういうことばかり叫ばれつづけて〉いて、さらに〈特に近年は、わかりやすい詩が良いんだ、という風潮になっている〉と、かれは現状を告発する。この〈わかりやすい詩〉、その元凶が「アメリカ主義」の〈わかりやすいものイコールウケるものイコール売れるもの〉だと、もうけ話〈アメリカ国家だけが経済的に勝とうという腹〉に還元してみせ、こう、

アメリカ主義というのは、アメリカ国家主義なんですよ。経済のグローバリズムとかいわれていますけど、ぜんぜんグローバリズム、地球主義じゃあなくて、アメリカ

のナショナリズムなんです。

と、二一世紀の今日、なにかと弊害とほころびが目だつ「グローバリズム」を、かれはその当時の詩の問題にひきつけて論難していた。この手の「アメリカ」がらみの批判は、実はかれだけの固有の問題意識ではなかったのである。

川端のいう「アメリカ国家主義」を拡大拡張し、九〇年代が〈事実上二十一世紀といってもいいような、そういう時代の流れがある〉とみた野村の指摘を仲正昌樹の主張と佐伯啓思の論にそって確認し、この稿をとじたい。

上記「現代思想」のポストモダニズムでとりあげ、八〇年代の特徴として位置づけたその流行は九〇年をまえに下火となり、同時にポスト構造主義の近代を脱構築するという思考方法にも不信感がうまれていた。仲正は、このあたらしくうまれた傾向を「ポスト・モダンの『左』転回」と題し整理した論考のなかで論じた（情況出版『ポスト・モダンの左旋回』二〇〇二）。そのなかで、高橋哲哉ら〈四人衆〉の政治発言「二一世紀のマニフェスト」（『世界』〇〇年八月号）をとりあげて、政治ときりはなされていたポストモダニストがその政治とむすびついた例を、〈八〇年代前半以降の日本においては「現代思想」の別名になっていた「ポスト・モダン」の潮流に、最近大きな変化が生じている。〉と、位置づけてみせたのである。

つづけて、そもそもかれが〈ある特定の思想群が、〝ポスト・モダン〟の「原義」から急激にズレ始めており、もともと何が〝ポスト・モダン〟であったのか、ますます分からなくなって混沌としている。〉と、八〇年代の後半を睥睨したのは、アメリカ主導のグローバリゼーションを〈新しい「災禍」〉だとかんがえるポスト構造主義の盟主デリダの主張に依拠していたものであった（デリダ『マルクスの亡霊たち』）。しかしこうした論点は、けっしてとくしゅな見方ではない。

保守派を自任する新潮選書『経済成長主義への決別』（一七）の論客佐伯啓思は、二二年の『朝日新聞』（七月一日）の「『普遍的価値』を問い直す」のなかで、「グローバリズム」を〈冷戦後の世界経済の覇権を求めた米国の演出する壮大な実験であった。〉と結論づけ、また、〈「秩序ある国際社会」とは、普遍的価値を掲げる米国による世界秩序の形成を意味している。〉と、こうも断言しているのである。この見解はかれねんらいの経済学者として発信していた持論――〈アメリカが牽引してきた「グローバル経済」の終焉は、世界を精神的荒廃と倫理的堕落の淵にたたせている。〉（幻冬舎新書『さらば、欲望』）――であるが、朝日の記事はロシアのウクライナ侵略をほったんにそのあとに執筆されていたので、世界をめぐるアメリカの国家戦略にたいする歴史的な位置づけがはっきりしたものとなっていた。

ところでロシアによる、一九世紀のアナクロニズムにみまがうウクライナ侵略にたいして、二二年三月、侵攻ちょくごの対ロシア経済制裁にどうちょうしたのは「西側」の国と地域にかぎられた。また、ウクライナ中南部のザポリージャ原発からロシア軍の撤退をもとめた九月の決議には、アフリカや中東、アジア七ヵ国（後日、これらの諸国を、〝グローバルサウス〟と呼ぶようになる）が放棄した。こうした南北に分断された現状を、アメリカ（とヨーロッパ）の戦略が破綻したとうけとめ、「専門家」のあいだにはおどろきがひろがっている（大西広『ウクライナ戦争と分断される世界』）。この大西に呼応するするかたちとなる、外務省国際情報局に勤務経験のある佐藤優はウクライナ侵略にふれている。五木寛之セレクション『国際ミステリー集』の対談のなかで、孤立したロシアとまたおなじく世界から孤立する欧米とゆいいつ〈アジア太平洋の一部の島国に限られる〉日本をとりあげていた。

では、話を「討議」にもどす。川端の「アメリカ」論は、おおげさな予測ではなかった。そして、野村の「二十一世紀」観は日本の現状にかぎらず、今日の世界をながめれば説明可能な直観だったことになる。であるなら、「現代詩」もどうあるべきなのかを問いなおす時代である、と気づかねばならぬはずである。片岡直子ら四人のH氏賞受賞詩人に八〇年代との影響関係をみておわるだけでなく、かれらの詩表現がエクリチュールの新時代だとしたら、今「＝モダーン」をあらわしうるのかをかんがえる「アポリア」難問として探求したらどうであろうか。そのためにはむきあうべき「歴史」、社会問題をみつけることが先決なのかもしれない。そんなことをかんがえながら、〇一年に著作『二十一世紀ポエジー計画』（思潮社）をあんだ野村らの「討議」をかきくわえたことである。

＊　本文中の銓衡委員の引用文は、一九九〇年から九九年の詩雑誌『詩学』（六月号）の特集「H氏賞」中、「選考のことば」より引いた。

＊　本文中、出版社、出版年、あるいはその両方が記載されていない文献は、本論の内容と文脈を考えた上の処置である。

参考文献

鮎川信夫著『鮎川信夫詩論集　1947〜63』（思潮社　一九六七年）
H・Rヤウス著、轡田収訳『挑発としての文学史』（岩波書店　一九七六年）
浅田彰著『逃走論　スキゾ・キッズの冒険』（筑摩書房　一九八四年）
詩の森文庫『現代詩との出合い　わが名詩選』（思潮社　二〇〇六年）
仲正昌樹著NHKブックス『集中講義！日本の現代思想──ポストモダンとは何だったのか』（二〇〇六年）
白石かずこ著『詩の風景・詩人の肖像』（書肆山田　二〇〇七年）

木島始と連詩運動——四行連詩の成立展開

序章

あとでふれることになる木島始の『われたまご　一二三篇の四行詩集』をよんでいたときのこと、ぼくは、二冊のビートルズ詩集をくりかえしおもいだしたりしながらよんでいた。その一冊は、一九九〇年に出版された内田久美子訳『ビートルズ全詩集』（シンコー・ミュージック）で、もう一冊はそのまえ、おなじ出版社からでていた八五年の岩谷宏訳『ビートルズ詩集』であった。

And when the night is cloudy　厚い雲が空を覆う晩にも
There is still a light that shines on me　僕を照らす光がある
Shine until tomorrow　明日まで輝きつづけてくれ

Let it be

今は堪え忍ぼう

I wake up to the sound of music
Mother Mary comes to me
Speaking words of wisdom
Let it be

楽の音にふと目覚めると
聖母マリアが僕のもとに現れ
知恵ある言葉をかけてくださる
〝あるがままに〟

Let it be, let it be
Let it be, let it be
There will be an answer
Let it be

今はただじっと堪え忍ぼう
このままそっとしておこう
いつか必ず答えが見つかる
今は堪え忍ぼう

Let it be, let it be
Let it be, let it be
Whisper words of wisdom
Let it be

何事もあるがままに
無理に変えようとしてはならない
知恵ある言葉をつぶやいてごらん
あるがまま

この訳詩は、内田の「レット・イット・ビー」である。四聯四行仕立ては、かの女の創作になる。岩谷はこの詩を「みこころのままに」と題し原詩にほぼしたがい、いわば歌詞四番として、かの女のようにはわけずに翻訳している。

雲にふさがれた暗い夜も
頭上には一筋の光が照らす
明日まで照らし続けよ
「みこころのままに」
聞こえてくる音楽に身を起こせば
聖母マリアは来たりて
賢者の言葉を語る
「なるがままにまかせよ」と
「みこころのままに、なるがままに」
解決はきっとある、「みこころのままに」
「みこころのままに、なるがままに」
囁かれる賢者の言葉、「なるがままに」

と。アルバム「ザ・ビートルズ／1967〜1970」中、作品のディスコグラフィーでの訳者（落流鳥）は原詩をげんかく忠実に和訳しているが、それにくらべれば岩谷の訳詩には信仰心だとかいくらかの文学性をくわえているといえようか。

では、内田の訳はどうだろう。かの女のばあいは、訳詩集ぜんたいにたいしていえることだが、たぶん原詩のげんかくな訳詩ではなく意訳ににあう詩形式をかんがえ、言語使用も一篇の詩としてよむことができるように工夫創作したのではないか、とぼくはおもっている。この歌詞「レット・イット・ビー」は、ビートルズ解散とのからみでいろいな話題を提供したということだ。ネイティブにとって、「聖母マリア」や「賢者の言葉」は文化的、社会的な位置づけが異文化の日本とはまったくことなるのだから、詩中の意味は信仰とむすびつきその胸中がうけとられたことであろう。また、とりざたされた話題のさきはたんなるゴシップではなかったであろう（と、ぼくはおもっている）。内田の訳詩はその点で詩として、日本人がよんで一般的な理解がかのうなものになっている。

ぼくが木島の『われたまご　一二三篇の四行詩集』をよんでいたとき、連想したことは上記のようなことであった。そして、本稿を整理しながらぼくがかんがえたこと、それは日本語によるコトバの差異だとか異言語相互によった人間意識の探究であると同時に、目的をもったある種の言語実験についてである。九〇年代からゼロ年代にかけて、こうした詩運動のあったことを記録することは現代詩のありかたをかんがえるうえで意味をもつことになるであろう。いか、今日からふりかえってみたときの一端になる。

端緒　その一

古書目録にのっていた木島始の詩集稿本『夢中私記』を入手しよみながら、かれの創作活動についておもうところがいくつかうまれてきた。ところでぼくは木島の四行詩についてはニ冊の四行連詩集『近づく湧泉』などをよんでいたので、刊行されなかった仮綴の稿本が四行詩集ということから、四行詩成立のあらたな興味がわいてきた。

その四行詩を、神品芳夫は土曜美術社出版販売の『木島始論』(二〇二〇)の「四行連詩の展開」のなかで、『近づく湧泉』(二〇〇〇)中の「四行連詩作法」をふまえ、四行連詩をつぎのように、

木島方式の規則といえば、四行連詩の開始当時は、先行の人の詩の三行目の語か句を取って、その同義語(句)か反義語(句)を自分の詩の三行目に入れることだけだったが、ほどなく、先行の詩の四行目の語か句を自分の詩の一行目に入れるという規則を加え、以上二つのうちのいずれかを守ればよい、という定めになった。

と、整理している。たとえば、神品が例示、引用しているのは木島の、

どんな点滅のリズムでだろう
いやでも応でもわたしたちは
自分の役わり背負いこまされ
死ぬまで何か光を放つらしい

とある四行詩にたいし、佐川亜紀のつけ合ったその詩が、

わりきれない人生
あまりこそ妙味
わけた役割演じている
もう一人の自分

と、かえしている。こうした「双吟」連詩形式を、神品は〈両者が役割を分け合って人生なるものを思案している様子〉と、その連帯に注目していたのである。たぶんだ、自分の

体験、つまり思考の範囲内ではうまれるはずのなかったコトバによる叙述を、否、木島はコトバの遊戯性をたのしむようになる。その言語実験のきっかけが異言語との連詩だったのではないか、とぼくはかんがえている。

なぜ木島がこのような方法で、詩表現におもいいたったのかをかんがえてみることは、九〇年代にいたる日本の詩状況、あるいはもっとひろく社会の状況論とかかわりがあったのではないか、とぼくはかんがえてみたりしている。かつては佇立した世界観、そんな時代「昭和」の意味と価値が途絶するふとうめい感のなかで、スキゾな若者をちゅうしんに「快楽」をあそぼうと、あらたな潮流がうまれていた。

端緒　その二

木島始は、一九九四年に英語をネイティブとする詩人と英訳つき詩集『われたまご　一二三篇の四行詩集』〔Cracking Eggs-123 Quatrains〕（筑摩書房）を出版している。神品芳夫によれば、かれは〈『われたまご』の制作によって四行詩という詩形の含み得る内容の深さと、日英両語で表現することの意義を把握し〉、木島が〈この短詩形のなかに潜む可能性と問題性について〉かんがえはじめたと指摘する。

たとえば、神品のあげるのは『われたまご』のなかの木島の四行詩篇、

私の魂とびらは
しまりっぱなしで
閂《かんぬき》はずせたのは
あなたの目だった

とある詩からなら、英語話者の訳詩にはこんなぐあいの「同詩異曲」がうまれる。

My spirit door
was shut and stayed
　shut. What
shot open the bolt
　was your eyes.

（Translated by D.W.Wright　D・W・ライト訳）

My gate

Was shut
Your eyes
Unbarred it

（Translated by Arthur Binard　アーサー・ビナード訳）

ビナード訳が即物的であるのにたいし、ライト訳はニュアンスをふんでなりたつ英訳になっているといえよう。木島の原詩は、読み手の受容に振幅が存在する暗喩表現でなりたっている。ライト訳は、そのことを注視していたことになる。「同詩異曲」の可能性は読者受容論からすれば、とうぜんのことであった。がしかし、言語表現の異化は、その根本は精神性の差異につうじており、意味作用の無限化にたいする扉をひらくものであった。こうしたことを、神品は指摘していたことであろう。

そして、木島は異言語を媒介とする詩的体験をつうじて、四行連詩詩集『近づく湧泉』へと発展していったことになる。ただ異言語にかぎらず、ようは日本語話者の場合もおなじことなので、前記引用した木島／佐川による共作「〈痕〉の巻」の「人生」を感慨〈＝連詩〉する言語表現〈前詩の一語の同義語か反義語をいれればいいだけ〉（「変化してつながるおもしろさ」）の帰着は、

もう一人の自分って
手におえない喧嘩相手
つきあいづらいくせに
ぜったいに別れてくれやしない

とある木島の人生模様〈痕〉を、佐川は、

潮風に　体のすみずみまで、
吹かれたように　今もほてる
愛する時のくせ
ずっと前に別れたのに

と叙述し、その「双吟」連詩〈痕〉をつけ合い、英訳との連詩にかぎらず、このような異化作用はそれぞれ詩人の精神性によって体験を深化させ、再現する表現となっていたのである。

詩篇章　その一

こうした連作体「双吟」四行詩運動〈詩を付け合うという試み〉は、神品芳夫の著作では〈一九九五年頃から木島始の四行連詩をめぐる活動が始まる。〉と、推定していた。この稿では四行詩のはじまりを考察する目的が、ひとつある。理由は、あたらしく詩表現をはじめる時代背景をしる必要があるからだ。ただこの稿では、神品の著作を照合したうえでの叙述となる。

ところで、かれが指摘していた〈木島始の四行連詩をめぐる活動〉時期を〈一九九五年頃から〉とあった推定とはべつに、四行詩「独吟」の着手はそのまえ、九四年いぜんであったことは、日英対訳詩集『われたまご』と九四年刊行予定だった『夢中私記』とからうかがえることである。そこで、まずその新資料『夢中私記』をとりあげることにする。また、後日『根の展望』に収録された詩集とは異同があり、本稿では「予定稿」とある仮綴本により論をすすめることとする。

三章（あるいは三編）からなる稿本の仮綴本詩集『夢中私記』だが、構想の「Ｉ」、小タイトル中の「我鋲詩編」は表題の「私記」にあたっており、「夢中」とあわせれば「わたし」の夢物語になるのであろう。詩集巻頭詩であり、Ｉ章十五篇のはじめの詩、手書きのそのタイトル「めざめ前」には、

あさ目をさましきらず
どこ行く夢のあてとてなく
囀りあいを枝々に散らし飛ばし
虚空を彷徨いつづける声のわたし

とあることから、表題「夢中私記」の意味のなりたちは、夢のなかの〈わたし〉の物語であることが理解しえよう。「独吟」集であって、しかしいえば、「わたし」によるオムニバス作品ともいいうる『夢中私記』の起源である。そしてまた、上記引用詩のように、末尾の〈わたし〉は十二篇にあらわれる。〈わたし〉があらわれない三篇中、構想「I」の最後の詩でも、

手あたりしだいに切れっぱしを
ジグソウ・パズル風にはめこんで
秘かにもう調査されてんだろうな
手玉にとられないために変身だ

とあって、タイトルは「ちがう自己」とあるので、やはり〈わたし〉の「変身」譚であった。もう一篇、詩篇は活字で、手書きのタイトルをふした詩篇、

唯一の神を仰がず
礼拝ひとつせず断食もせず
ひとへの施しを怠りながら
聖地に赴こうともせぬわたし

は、なんの手だしもできないひきょうな〈わたし〉の物語であろうか。その手書きのタイトルには「非イスラム教徒――一九九一年二月ペルシャ湾岸の夜空を見て」とある。この詩は九一年一月に開戦された湾岸戦争「砂漠の嵐」を、テレビでもみたときの創作であろう。そうであれば九一年には、四行詩はかかれていたことになる。

この構想「Ｉ」の、「わたし」の物語にはかんがえぬいたうえでの構成がほどこされている。というのは、活字でくまれコピーされた四行詩と手書き四行詩のコピーが台紙頁にはられ、不規則にならび物語がおりなされているからだが、しかしある構成、ストーリー性がみてとれるのである。活字でくまれた四行詩はすでに発表されていた詩篇であり、手書きの四行詩は物語のストーリー性をかんがえたうえであらたに執筆、創作しくわえれた

ものだとかんがえられるであろう。この仕様はよりめいりょうな形で、構想「Ⅲ」の「たまゆら」八篇で踏襲されることになる。

詩篇章　その二

では、その手書き原稿四行詩の意味づけについてである。詩集では連続する頁の、つぎの詩二篇の「わたし」について、とりあげてみる。

この歌声で身ごもりながら
こころ身軽にできるきみに
めぐりあえると思うからこそ
自由にふるまってきたわたし

とある〈わたし〉と、

ほどけくる時間の帯か

羽ばたく翼が刻もうとする曲線か
自由な抱締めか　木目や瑪瑙に
縞模様に　ひかれるわたし

とある〈わたし〉は、コトバ＝語はおなじ「わたし」である。しかし、まえの〈わたし〉は、そのあとの〈わたし〉とはまったくことなる振舞い、意味をあらわす「わたし」の物語である。

その表現された物語内容は「四行連詩作法」にならえば、「反義語」の関係にあたっている。前者の〈わたし〉はかきくわえられた手書きの四行詩であり、もういっぽうの後者は発表ずみの活字四行詩であった。詩集のなかでは、いっけん無関係な「わたし」の物語を展開させていたことになる。「独吟」集は連詩の作法をふまえながらへんかにとんだ物語を意図的につくりだし、多面的な〈わたし〉を現前させることができることになる。

さてその二篇のあとに、前節の活字組みの「非イスラム教徒」の詩がつづいていた。この詩篇の〈わたし〉は、傍観者の「わたし」であった。また上記二篇、そのなかの「わたし」は、わかくて自由にふるまう〈わたし〉であり、物にひかれ微睡みにひたっているような〈わたし〉であった。そのうえ、活字ぐみの連続する二篇のフォントはことなっており、ちがう媒体メディアに発表していたものであった。

こうしたべつべつの機会に創作されたバラバラな、おもいつきにすぎないような物語内容の〈わたし〉である四行詩が、いっさつの詩集に手ずから編纂し制作されていたのが『夢中私記』であったことになる。だから、この詩集を連詩集と位置づけるなら、その構成にはとうぜん意図があったことになる。表現内容を「わたし」の物語に回収、成立させストーリー性をうみだしていた。もしそうだとすれば、木島は〈わたし〉が登場する連詩集成立を構想したうえで、手書きの四行詩をかきくわえていたことになる。

たしかに「わたし」の物語に回収されたそれらの〈わたし〉は、読み手に直截的な関連性をあたえない。そうかんがえると、構想「I」の、前節にひいた「ちがう自己」は、詩人にとっては必然の〈変身〉を意味しているのだ。その「ちがう自己」のまえにおかれた詩篇は、こうである。

遠過ぎては　消え
近すぎては　消えぬ
前へ　後へ　溶けてゆく
時空にだけ　わたしがいる

この四行詩は、手がきされていた。ここには〈わたし〉の「ちがう自己」にいたる必然があり、かたちのない直観を物語る布石の詩である。物語制作者にとっては、予想のできない人生それぞれに分節されてゆく〈わたし〉は、あらたに手がきし物語のなかにみちびかれるほかあるまい。その結果、詩人独自の世界像はうまれ、〈夢中〉の物語譚が成立することになる。つぎはぎだらけの人生を、つまり木島の手腕による〈わたし〉に発生したさまざまな「夢中私記」をよんでいることになるのである。

詩篇章　その三

詩集『夢中私記』中、構想その「Ⅱ」、京都もの「京都べん十篇」の特長は、すべての詩篇がひらがな表記されていることである。たとえば、こんなふうに。

たんと
きばって
ええかっこしいな
えろみえまっせ

と。これも、古里にみちびかれた〈わたし〉の「夢中私記」のいったんといえるのであろう。そこには国家語の標準語ではなく、俗語である地方語「言語共同体」には、〈わすれられない〉〈なんぼはなれていてもわすられへん〉（Ⅱ章小タイトル）といった創作「夢中」と「私記」をあわせもった意図がある。またほかのふたつの章とはことなり、すべての詩篇が、同一フォントの活字組み四行詩であったことである。もともとは、それぞれの詩篇に「1」から「10」までのアラビア数字がふられていた痕跡がのこされていて、メディアに一括、四行詩として発表されていた連詩であることがわかる。たしか、川崎洋の方言詩集にこたえ作成した詩篇だったと記憶している。

こうしたこと自体が木島始の「詩観」をあらわしている、とぼくはかんがえている。かれがどのような〈わたし〉の外部に関心をよせ、一九五二年の詩誌『列島』から、またそして、『木島始詩集』（一九五三）いらいの営為がつづけられたのかは、神品芳夫の著書『木島始論』にくわしくあり、一言でなら、かれのいう「市民革命派」というのがふさわしい。そんな木島が「四行連詩」運動をこころみたように、方法論についても変革意識をもちつづけた。そんな人ゆえの、ひらがな詩篇「京都べん十篇」であったということになるのである。そう、おもえてならない。

ひらがな表記と音声言語の関係についてかんがえるまえに、コトバについての方法意識の問題についてみてみることにする。かれには一九八〇年刊行の『日本語のなかの日本』

（晶文社）があり、この問題〈おそらくは音声言語として、ある完結をもっていた日本語をしゃべる、わたしたちの祖先が、漢字の文化、いやとくに漢字そのものに接して、どんなに驚いたことか。〉（「わたしの日本語ノート」）、といったコトバ周辺の問題系にたいし関心をよせていたことがつたわってくる。

すこしく、脇道にふみいってみる。

賞の前に金はない
賞の後に金が出来る
ああ、流行よ
噂よ
作家を一人立ちにさせぬ噂よ
作家から目を離さず攻める事をせよ
常に噂の苛酷を受賞作家に充たしめよ
その恭しい死臭のため
その恭しい死臭のため

（『パゴダの朝』一九七七年刊行）

詩の表現内容からは、大家が新進作家をいじめる構図がみえてはこないか。しかし、この詩を「目」でよむのではなく、「耳」でよんでみよう。そうしたら、この詩はどう変容するのだろう。そう、高村光太郎の詩〈僕の前に道はない／僕の後ろに道は出来る／ああ、自然よ／父よ／（略）〉（「道程」）と、きこえてきたりはしないか。まるで浮遊するシニフィアン（音声）が機能して、コトバの遊戯性がわきたってくる。木島がつけたタイトルは、「受賞歴程（光太郎もじりうた）」であった。章題は、著名詩人六人の名詩をもじり風刺する「たわむれに先輩ももじる詩むっつ」のうちの一篇であった。かれは漢詩を、九九年の『越境』ではこの「耳」でよむ漢字圏〈交流〉の場として、かつて東アジアの〈共通基盤の詩の領域〉が存在していたことをとりあげていた。

　そこで、思いだしてもらいたい。前記、木島の四行詩にライト訳とビナード訳をならべて、神品が〈日英両語で表現することの意義を把握し〉〈この短詩形のなかに潜む可能性と問題性〉について指摘していたことを。英語表記はネイティブふたりでことなったものであったが、にもかかわらず日本語の、おなじ原詩をおもいうかべることはできるのだ。その理由は、コトバが音声と意味のくみ合わせからなりたっているからである。木島は言語運用の多面的な実験のひとつである、その原理を日本語／英語の対訳「対照聯弾」によって実践していたことであった。「たわむれに先輩ももじる詩むっつ」もかれの言語実験の一環であった、とぼくはそうかんがえてみたことである。そのことが、二〇〇〇年と〇五年の連詩運動を集成した『近づく湧泉』二冊のアンソロジーにまでむすびつくことにもなるのである。

結句　その一

出版予定の稿本『夢中私記』にさきだつ、一九九三年刊「先立った人々　偲ぶよすがの四行詩集（1979 ~ 93）」を考慮すれば、「四行連詩」の問題とはべつに、四行詩形式はさらにさかのぼってはじまっていたことになる。また、前記の九九年に刊行された『越境』（土曜美術社出版販売）では、木島自身の四行詩にたいする論究、というより探訪をいろいろおこなっていたからだ。そのなかに、二〇世紀のクレリヒューという四行詩にふれており、その存在がかれには既知のジャンルであったことになる。

なお本書の副題は、「長い四行詩話―四〇篇に連弾する」である。英詩を中心に〈四〇篇〉の〈対照聯弾〉「Contrastive Duo Poetry」に、〈四行詩話〉をくわえ構成したものであるというわけで、百ページにみたない九十六頁のちいさな書物だが、かれの所感についてはふれねばならぬことになる。それで種々断片、木島の長広舌からいくつかの詩作体験談をみてゆきたい。

単行本『越境』は、ⅠからⅢ部構成でなりたっている。そのⅢ部には、内容にかかわることわりが〈全く新しい詩の試みとして九五年夏から初めた四行連詩のうち、英語と日本語での九六年十一月からの聯弾のシリーズ〉だとある。そして、Ⅲ部にかんしては、さいごの元好問の漢詩絶句との聯弾を〈今これを記すのは一九九八年九月五日〉とあることから、本書の擱筆、成立があきらかとなる。のちに、連詩運動が誕生する時系列にたいする証言となっている。Ⅰ部の末文には、

　単純なルールによるこういう詩の交信が、日本語の枠をこえて広がることになるかどうか、まったく予測がつかないが、予測できないことそのことが、連詩の楽しさなので、いつでも即応できる心がまえで、未知の世界に向い、一人ぽつねんと四行詩の森の中を渉猟しつづけている。

とあり、とうしょの見通しはあかるいものではなかったようだ。〈単純なルール〉とは、たとえれば〈二曲一双の屛風のような四行詩〉の〈対照聯弾〉ということになる。
　この四行連詩を九五年、さいしょに提案してみたのはカリフォルニア在住のリーザ・ローウィッツで、かの女は「対照」ではなく「連結（connective）」をかんじとり〈自由な対話をかわすコミュニティ・スピリット〉をみとめ交流がはじまる。そのときの作品が、九六年十一月の聯弾、

Ask the
God
what happened
to God.

たずねよ
神の身に
何が起こったか
その神に

by Leza Lowitz　リーザ・ローウィッツ

Can you, genes,
hold secretly
what happened
to the creatures ?

なあ、遺伝子くん
命あるものに
何が起こったか
隠し持ってられるんかい

by kijima Hajime　木島始

と、あるとおりの英語による連詩である（訳詩は、『越境』上梓時のもの）。

木島始はこのときの創作体験を、のちにこう——〈英語を介してにしろ、日本語の枠を大きく超えての聯弾、つきつめると自分自身の制作刺激と自己再発見にゆきつくかも知れない聯弾〉と書きとめている。〈何が起こったか〉と、問いかけるキリスト教徒にとっての「絶対神」を、日本人のかれが「遺伝子」におきかえた言いわけのようにも、ぼくにはきこえる説明となっている。が、しかしかれがConceit（奇想）といわれるシュールな技法をもちいたものかもしれない、とおもったりもする。または、想像力による表現結果だったのであろうか。いずれにせよ四行詩の三聯におく、この同義句の手法は連詩の式目（作法）が成立していたことを物語るものであった。
もう一篇Ⅲ部から、本稿「端緒」に引用したアーサー・ビナードの四行詩をひいてみることにする。この時期、ビナードは日本語で詩をかいて発表していたそうである。

Things I can't seem to say
No matter how late gets, howdrank I get …
The crows just caw them all out
From midday

酔っぱらっても
ぼくにはいえないことを
カラスはしらふで
真っ昼まから喚いている

とある英詩（訳詩は、『越境』上梓時のもの）を、木島は、

From midday
Too serious
Broadcasting for Marathon
How awkward.

真っ昼まから
まじめくさった
マラソン放送は
まどろっこしい

と、聯弾していた。この制作体験を、〈四行目の midday「真っ昼ま」を一行目で受ける第二のルールに則っている。〉と説明しているのは、「四行連詩作法」の成立をいっていることになる。原詩の頭韻〈ま〉が〈消えてしまうのを覚悟〉するのは〈翻訳の常〉とあきらめても、ローウィッツとビナードとのあいだでおこなった聯弾を、

二つのルールのおかげで、四行連詩は、Duo Poetry つまりわたしのいわゆる対照聯弾にとどまらないで興にのりうるかぎり付けられる両吟、あるいは双吟という形で続けることが可能となっている。それが国境をこえてほんとうに可能かどうかは、文学土壌のちがいがあって何とも予測しえない。まあ、しかしわたしは、今日までのところ気持よく続けられる楽しみをこの試みから得ている。

と、このように書きとめていた。

文学の本質とでもいうべき構想が、このさきの連詩運動に期待をもたせるものとなっている。そしてじっさい、かれが交流した海外の詩人はひろがり、石原武と新延拳と共著の詩集『バイリンガル四行連詩集』、副題「〈情熱〉の巻　その他」となって結実する。二〇〇三年のことであった。また、二〇〇〇年の四行連詩集『近づく湧泉』、〇五年の第二集

が出版されており、かれの連詩構想は運動としても実をむすんだことになる。

結句　その二

木島始の言語実験は、詩表現を拡張するこころみであったはずである。それが、詩人の意図するところであったろう。一五世紀、活字印刷が発明されあたらしい文化がうまれると識字率がたかまるだけでなく、読書は黙読が中心となる。そのいっぽうで活字言語が、音声言語である話しコトバ（俗語）による表現行為を人間生活にくわえてゆく。そのことで、あらたに言語共同体のうちがわでは俗語革命ともいうべき、今日までつづいている音声言語にもとづく書記の誕生を意味したのである。

前記「わたしの日本語ノート」のなかで、木島は漢字とかなの〈折衷と混在〉する日本語表記をかんがえないということは、〈精神生活とどういう関係になっているのか〉を、〈じぶんじしんを知らずにすますのと同じこと〉、とかんがえていた。だから、ひらがなにゆらいする四行詩はかれ自身にとっては、一五世紀いらいの文化であるおおきな物語にたいする一石を投じたことになる。

かれの言語実験は、理にかなっていた。音声（シニフィアン）と意味（シニフィエ）の構造からなる記号（シーニュ）は、とくに漢字とかなの〈混在〉する日本語文脈は、目でよむ黙読の文化に適当したものであった。ところがひらがな表記は、言語学でいうパロール（話しコトバ）の回路、ヒトの対話形態を説明するために存在しているような目ではなく耳でよむ口語表現、音声表記といっちする一字一音のコトバであった。『夢中私記』詩篇中、「京都べん十篇」は、音声言語の原理そのものによってなりたつ所以である。赤ん坊のむずる姿態をひらがな表記したことにたいしてはその理由を、かれ自身が章題にいうように〈きもちにぴったりしすぎる〉ごとくの、

えらいこっちゃ　ややこ
いちびりだしたら　とまらへん
ぎゃあすか　ややこしゅう
けったいなん　うたいよる

とあるとおりパロールの復権となる口語表現であった、とぼくはかんがえている。

ところで、ぼくの手元に二〇〇二年の、木島始からの私製大判葉書がある。エルサレム在住のエリカ・アドラーと木島との連詩がかの女の線描画とともに印刷された私信であった。さらに、その年十月の私信では、日本画廊の「8字詩と3言語4行連詩」木島始展を

ひらくことになっており、言語実験詩はちゃくじつに実践されていた。またその前九九年には、「連作体四行詩」をまとめた詩集『根の展望』が出版されてもいた。

こうしたことを、現在の日本語話者としての問題系に拡大してみたい。八〇年代には転換していた書きコトバを中心としたじゅうらいの詩にたいし、今日の口語詩の方向性を暗示していたとかんがえるからである。木島の四行詩は、その基調はパロールの表現にうつっていた。活字により印字されることを想定し書記するような書きコトバとしての言語表現から〝肉声〟をとりいれる詩作を試行していたことになる。「端緒」でとりあげた木島／佐川との連作体「双吟」は、その特性をあらわす実践例にあたっていたのである。

さて、構想「Ⅲ」である。この章はじっさいにはまだまだしばらく後日談の存在する、そんなかれ自身の終末記、いま流の「終活」記になっている。だからであろうか、題して『たまゆら』八篇」である。「たまゆらの命」などともちいられている、「少しの間」を意味するその「たまゆら」である。つぎにあげるような、

めいにちもはかもいらない
よみたい人もしもあらわれ
どこかで本がさがしだされて
たのしんでもらえたらさいこうだ

とある「独吟」は、手がき四行詩でコピーが台紙頁にはられていた。活字印刷をコピーした四行詩、

しきはいらない
びじれいくはいらない
なみだはいらない
さとれないとさとろうよ

と、

すべてかたちあるものは
くずとやきけしてしまえるが
かみももじもみあたらなくも
ひといきでことばはよみがえる

とのあいだに挿入され、物語化されていた。

一連の四行詩は、まさに終末記にちがいない種類のものであり、例の音声言語でふれたような意味をもつ表現形式のものであった。ほかのケースとおなじ手がきされた詩篇は詩集『夢中私記』、「わたし」譚のストーリー性「終末記」を緊密化させるために誕生した詩であるはずだ。詩人にとって、やはり必然的な物語内容だったことになる。手がきの詩をふくめ、たしかに構想の「Ⅲ」は死後をおもっての〈わたし〉の物語だったことになるのである。しかし歿することなく、かれの人生は詩集『夢中私記』計画後の十年、二〇〇四年、七十六歳までつづくのである。

結句　その三

さいごに、くわえておきたいことを。仮綴本予定稿『夢中私記』を、木島始は一九九四年にあんでいた。そのかれの、九〇年代についてである。とにかくそのディケイド十年は、先ゆきふとうめいな時代であった。

九〇年代おわりにバブル景気が崩壊し、失われた十年、二十年がはじまる。市井ではふかかいな事件がおき世界では歴史的な大転換があったりし、社会環境の変容を肌身にかんじはじめた時代であった。世紀がかわり、福島原発事故を経験し分断と貧困が可視化されてくると、だれもが昭和とことなる時代「平成」の階級社会を実感することとなる。ちょうど、木島の四行連詩運動が実践された時期につながる。九八年の『詩と思想』七月号から、津坂治男の「人間復権のリズム」一節を再引用してみる。

五十年前の戦後は政治的生活的危機の時代であったが、21世紀を間近にひかえた九〇年代後半は経済と環境、さらに生命の危機に直面しているといえる。この時期ひたむきに未来をもとめつづける詩人木島始の存在意義は大きいが、彼が最近手がけている領域に、四行詩とそれの発展としての〝連詩〟がある。（『新々木島始詩集』「解説」）

同時代評とはおもえないような、的確な整理がここにはある。敗戦後の民主化と、戦後詩運動を対比しむすびつけて「四行詩」を位置づけているところに、かれの犀利がある。八〇年代、ブルーカラーともよばれていた労働者階級といったコトバがなくなり、「消費者」とよばれる中流階級が、物のあふれた経済社会を有頂天にすごす大衆社会状況があった。そのまえの六〇年から七〇年代、木島がとりくんでいた戦後意識は、「前衛」というコトバとともに消失途絶していた。

九〇年代は、だから木島にとってはアポリアであった、とぼくはおもう。その時期、かれは四行連詩形にであった。九九年、そのかれの四行詩集『根の展望』の「あとがき」にも、四行連詩「作法」をもうけ〈九五年に始めてから、九六年からは英語でも書いて交流して〉いた、とある。ただ四行詩については、同書のなかに七九年の詩画集『木のうた』と『鳥のうた』がおさめられているので、連詩「双吟」のまえにのちにいうところの「独吟」は作成されていたことになる。また、九四年には日本詩／英訳詩篇『われたまご』が出版されていた。経緯としては、外国詩人との交流のまえにはこうしたことがあったことになる。

戦後詩がもっていた意味性がうしなわれたあたりで、四行連詩「対照聯弾」はうまれ交流がはじまっている。九五年よりまえのことになるそうだが、満谷マーガレットの「ホームメードの『魔法』」には、〈木島先生にとって本や詩はまさに人々を結ぶためのものでした。それこそ、彼が長年たずさわっていた四行連詩の精神でもありました。〉（『近づく湧泉』第二集）と、回想がある。ぼくには戦後の社会運動でみられた連帯意識が四行連詩につながったのでは、と類推したりしたものである。もうひとり私製葉書で紹介したエリカ・アドラーについては、木島自身がかの女の〈わたし宛の手紙で「あなたの創作の刺激となったようで嬉しい」と書いてきた。そう、たしかに創作の刺激が、つづけてみて感ずる四行連詩の最高のとりえ〉（『根の展望』「あとがき」）であることをひき、ここでも四行連詩誕生の契機とその役割をかたっていた。ぼくにはかれの「『たまゆら』八篇」のたち位置から、〝連帯をもとめて孤独をおそれず〟といった、全共闘時代のそんな谷川雁経由のメッセージがきこえてくるのである。
だから、『夢中私記』さいごの詩篇を引用しておきたい。

おもいほどこのよあのよにとほうもなく
かけまわりにいきたがるものはないだろう
そのひとびとのおもいのほかへとびこんで
へんしんしうる今をわがものにできるよろこび

ここには、かれの戦後詩からつづく詩運動のおもいが物語られてはいないか。そう、ぼくにはおもえてくる。『夢中私記』編纂の十年後、木島は悪性リンパ腫で他界する。その病魔のはじまりであったのだろうか、そのときのわが身〈わたし〉を連詩の機能になぞらえて、〈そのひとびとのおもいのほかへとびこんで／へんしんしうる今〉と書きとめたのではないか、とおもったりもする。「わたし」の変身譚でいえば、構想「Ⅰ」のさいごの詩篇「ちがう自己」と呼応する〈わたし〉の物語にちがいなかった。そして戦後詩の探求者としての姿勢をかれにみてやまぬ、ぼくがある。

＊ 詩集『根の展望』では、私家版予定稿『夢中私記』中の構想「Ⅰ」および「Ⅱ」を収録。そのⅠ章には、

次のあらたな詩篇〈わたしは今どこにいるのか／問いかけの網目が強ければ／じぶんじしんを手擱みにする／きっかけすべて他者がくれる〉を、最後にかき加えている。この追加された詩で、四行連詩「独吟」の成り立ち、二篇一対〈二曲一双〉の「二重唱」を説明していたことになる（創作作品の成立過程の契機にかかわる説明でもある）。タイトルを、構想「Ⅰ」では「夢中私記」と、「Ⅱ」は「なんちゅうきぶんなんや」とそれぞれ変更。

＊　詩集『根の展望』収録の詩篇を掲載した紙誌がその「あとがき」に列記、紹介されている。予定稿「夢中私記」の成立事情を考えるうえでの、具体的な根拠となる詩集である。

参考文献

本稿「年譜事項」は、以下を参照。四行連詩集『近づく湧泉（第二集）』（二〇〇五年）、神品芳夫著『木島始論』（二〇二〇年）、また『新々木島始詩集』（二〇〇三年）。いずれも、土曜美術社出版販売から出版。

新・日本現代詩文庫157『佐川亜紀詩集』（土曜美術社出版販売　二〇二一年）

われらにとって現代詩とはなにか

ことの始まり、その再現

ヒトは、円錐体の尖端にたち「時」を、すなわち歴史をみとどけようとする。モダーン（モダン）、ラテン語ゆらいの「今」をつねに体験しつづけている。とくに現代詩人は、表現者としてそうであらねばならぬ。

テレビ画面をとおし新千年記を、二〇〇一年をむかえ熱狂するひとびとがうつりだされたニューヨークの夜景をみていたのが、昨日のようにおもう。戦争の二〇世紀とはことなる、あたらしい時代のとうらいする夢をぼくはみていた。そして、流行語のニューミレニアムは間をおいてすぐにひとびとの口にのぼらなくなり自然消滅し、期待はしぼみ幻想からさめた。そして、九月十一日の同時多発テロにはじまる、歴史の「今」につながる大事件が時をおいてつぎつぎにおこった。
あれから二十年がすぎ、いま、小池真理子が二〇二一年十一月にだした著作『月夜の森の梟《ふくろう》』（朝日新聞出版）の「降り積もる記憶」には、文明社会のパンデミーをおそれるヒトの姿がえがかれている。

コロナ、という単語を目にしない日はなくなった。コロナを抜きにして、現実を語ることは不可能になった。私たちは深い穴の底に潜み、おどおどするようになった。過去と現在は分断された。未来が見えなくなった。

そう、コロナ禍の体験からうまれたせつじつな心境がかたられている。
このエッセイは、前年六月から『朝日新聞』に連載され、つれあいを看取るまでのなかの一篇である。その二年におよぶ新型コロナの流行にふれた四篇のなかのひとつ「喪失という名の皮膜」では、ふたたび過去の日常がもどるとはおもえぬ失意を〈無力感を伴った喪失の感覚〉とも形容している。おなじような感情はかの女にかぎらず、ぼくのような高齢者にはすくなくないのでは、とおもう。変異コロナウイルスがつぎつぎにひきおこす、二一世紀のとつぜんの変容に「今」とまどっている。二〇世紀のさいごのディケイド十年間、世紀末にはさまざまな出来事にほんろうされていたのに、いままたつづくその先行きがまったくみえてこない。
そんな時に、おもいついた詩だったのだろうか。

あるとき
帰宅したら
私の家に
もう一人の私が入り込んで
勝手に動き回っている
私の不在のあいだに
キッチンも居間も寝室も
全てわがものにしてしまったのだろう
もう私の
入り込む余地はない

なにかのメタファというよりは、寓意小説ならぬ寓意詩だ。鈴木東海子が編輯発行している詩誌『櫻尺』第45号にのっている、野村喜和夫の表題を「もう一人の私」とある詩である。発行は、二一年十月のことである。上記につづく詩篇の後半は、こう――〈私は締め出され／夜の街をさまよい始める／風が吹いてきた／居場所がない／という爽快を／私は全身にまとい始める〉と、ある。この結句中の〈居場所がない／という爽快〉になんらかの意味（＝逸脱）を詩人が発見しているのは、表題からしてあきらかだ。

たとえば寓意をコロナ禍の「今」とかさねあわせれば、〈過去と現在は分断され〉（小池）ていることになる。だから〈もう私の／入り込む余地はない〉とするなら、日常の生活をうばわれ、崩壊感覚におそわれていてよさそうなものである。小池真理子が、そうであった。しかし、〈もう一人の私〉はちがった。

この「もう一人の私」と表裏の関係にある詩が、聯詩の総題「場面集―美しい人生のため」七篇のうちの「夕暮れどきの窓ぎわ」である。結句はこう、

それから不意に
私を呼ぶ声がして
私は私の
つまらない輪郭を取り戻す

である。「もう一人の私」が体験した崩壊感覚を、その「夕暮れどきの窓ぎわ」では〈すると私自身の輪郭が／しだいに濃さを増す宵闇のなかに溶けてゆくような／溶けて世界

の恐ろしくも豊かな沈黙と一体になるような／夢ともうつつともつかぬ〉といった無意志の記憶を前提にしたうえでえがいていた。日常性を寓意した表現もしょせんは寓意にすぎないのだが、〈溶けて世界の恐ろしくも豊かな沈黙と一体になるような〉とある直喩表現についても、〈夢ともうつつ〉はリアルとはことなる表現である。その結句である〈居場所がない／という爽快〉とか〈私の／つまらない輪郭〉という言語表現は、円錐体の「時」の尖端にたち、「今」を予見した現代詩人の「モダン」を形容したものであっただろう。そうだとしても、しかしいまの世をどのように認識しているのかは、野村にも問われてよいはずである。寓意と直喩のそれぞれの詩的表現を着想しえがきだした、その正体をあきらかにしつたえるためにである。

ことの始まり

現在、二〇二二年、パンデミーのコロナ禍、世の中は曲がり角をこえ、時代の転換点をとおりすぎてしまった。と、そう、ぼくはおもえてきた。かつて、西洋では三十年を単位にワン・ゼネレーションとよび父子の交代、つまり世代交代を意味する金言であった。しかし、いまの日本ではまったく通用しなくなってしまった。

「時」は、個人の事情と無関係にすぎてゆく。ニューミレニアムの希望は、ニューヨークとワシントンでおきた九・一一の同時多発テロでひえこみ今日までつづく世界情勢の不安定材料の火種となってきた。一一年、三月十一日、日本では東日本大震災を経験した。翌日、福島第一原発で爆発がおこり、チェルノブイリ（現、チョルノービル）とおなじレベルの原発事故が科学技術の安全神話を崩壊させた。そしていまは新型コロナウイルス流行の災厄渦におり、人間はつぎつぎと変異するウイルスにあてどもない対処療法におわれている。ぼくは日々、小池真理子のような気分をかんじながら日常をおくっている。野村喜和夫も、おなじではないだろうか。なぜかって、かれは現代詩人なのだから。

ぼくがはじめて転換点を実感したのは、一九六八年だった。フランスのパリで学生の抗議デモからはじまる波が東京の街にまでおしよせてくる「五月革命」のときである。そして、おなじ時期をアメリカのニューヨークにちかい、ニューヘイヴンのイェール大学で、日本文化と文学の教師をしていた山崎正和のレポートがある。六九年に中央公論社から刊行された『反体制の条件』の「あとがき」によれば、六八年の秋から翌年初夏まで、〈この一年、アメリカは未曽有の政治的な嵐に耐えて立っていた〉、その時の見聞録である。こんかい、この稿を構想し読みなおしてみると、いままでとはことなる理会がうまれたのに、じつは驚いている。

コロナ禍の二年ではっきりしたことは、格差社会と社会の分断とが可視化されたことである。社会の分断はいっときの流行語でいうと、上流国民と下流国民とのふたつの集団が固定へだてられ移動がふかのうな社会のことだ。格差社会は正規と非正規の勤労者のまじわることのない賃金の格差が固定化されつづける社会のことだ。このふたつの社会の病理は、ひとつ国家の構造がうみだす両面をあらわしているだけのことである。今日では、この病理が経済指標で数値化され周知されている。

日本の国富GDP（経済規模をしめす名目国内総生産）は二〇二〇年現在、国際通貨基金の統計によると、アメリカ、中国につぐ世界三位である。そのいっぽうで、日本の「平均賃金（年収）の推移」は、加盟国三五ヵ国中の二十二位である。そして一九九〇年とくらべ、平均賃金四二四万円はこの三十年で四・四パーセント増とほぼ横ばいで、隣国の韓国には一五年に追いこされたままだ。非正規労働の男性では平均賃金の八割以下で、女性の場合はさらに低い。だけどこのデータがだからなんなんだ、ということになるのだろうか。

九〇年からの三十年、日本社会はいっぺんした。三十年間というのは、バブル崩壊後の「失われた30年」の時間にあたる。この間、非正規雇用者は二割ほどだったのが、いまでは四割にちかい。「労働疎外」、労働力の無限徹底的な商品化である。その結果が、労働賃金のすえおき賃下げであった。そうした非正規の下流国民の存在を相手にせず、組合組織率が二割にみたないユニオンセンター連合は無視してきた。賃金格差は分断、身分社会がうみだしてきた差別の社会体制そのものなのである。もっといえば、階級経済社会だ。父子の交代、世代交代が不可能になる日本社会の不条理が今日の姿となっている。別言すると、「家庭」(近代家族)の継承がむつかしくなりはじめているということである。

短歌のなかの「非正規」

こんな歌が、うまれている。

街風に吹かれて「僕の居場所などあるのかい?」って疑いたくなる(「居場所」)

三十二歳で夭逝した歌人の萩原慎一郎の歌集『滑走路』(角川文化振興財団)に掲載されている口語短歌だ。

テレビでも話題をよんだその歌人に、「非正規」と題した歌群がある。

ぼくも非正規きみも非正規秋がきて牛丼屋にて牛丼食べる
自転車のペダル漕ぎつつ選択の連続である人生をゆけ
非正規という受け入れがたき現状を受け入れながら生きているのだ

現在、耳によくみられる非正規雇用者の生活模様がえがかれ、その人生そのものの苦痛が短歌からにじみでている。題「プラトンの書」ならばこんな、〈無意識のまま歩いて気がつけばいつものように会社の前に〉だとか、〈更新を続けろ、更新を　ぼくはまだあきらめきれぬ夢があるのだ〉といった短歌がある。非正規ではたらくかれの歌集『滑走路』は、二〇一七年に出版された。おなじくつぎのような歌も、「非正規」にのっている。

ぼくたちの腹部にナイフ刺さるごと同時多発テロ事件はあった
ぼくたちは他者を完全否定する権利などなく　ナイフで刺すな

ここには、非正規雇用の〈ぼくたち〉の悲痛な声がつたわってくるだけでなく、人間存在そのものがかかえこんでしまっている暗部の心痛がえぐりだされていた。自助の条件であるべき雇用状況が劣悪化した格差社会で分断されている姿絵であることは、まちがいない。現在「今」を表現するかれは、歴史の尖端「モダン」に佇立する歌人であったことになる。

この「非正規雇用」の問題を、三十一歳のフリーターの赤木智弘が実体験にもとづく評論「『丸山眞男』をひっぱたきたい」で論壇デビューをしたてんまつは、河出書房新社の

著作『「当たり前」をひっぱたく』（二〇〇九）につづられている。数ある主張のそのひとつのなかで、

そもそも私が「希望は、戦争。」と書かなければならなかったのは、戦争のような外部的な力により、この社会が変革されないかぎり、今の日本を覆い尽くすシステムは変わりようがないと考えたからだ。（「最後に、念のために。」）

と、〇七年の言論誌『論座』一月号でほえた動機をかたった。十数年たち、この言論の前後にはかれのいうポスト・バブル世代の現状が世間につたわるようになっていた。その代表的な新書本二冊『排除の空気に唾を吐け』（講談社）『ロスジェネはこう生きてきた』（平凡社）を、雨宮処凜が〇九年にだしている。つぎに、赤木の「『丸山眞男』をひっぱたきたい」の一節、

持つ者は戦争によってそれを失うことにおびえを抱くが、持たざる者は戦争によって何かを得ることを望む。持つ者と持たざる者がハッキリと分かれ、それに流動性が存在しない格差社会においては、もはや戦争はタブーではない。（第四章「私が戦争を希望する理由」）

を、十一年の朝日文庫『若者を見殺しにする国』からひいてみた。ポスト・バブル世代の〈どうしようもない不平等感の鬱積〉から発した一言一行であった。

そもそも非正規労働者の問題は、ひとつの要因が九〇年のバブル経済崩壊にはじまり不況の時代に、〈社会に出た時期が人間の序列を決める擬似デモクラティックの社会〉にでなければならなかった就職氷河期世代の不幸からはじまる。雨宮は上記前著で、

私自身、〇六年から現在まで、ワーキングプアと言われる若者たちの問題を取材している。その中でも多く取り上げてきたのは、犯人（註、〇八年六月八日の東京秋葉原の無差別殺人事件の）と同じく「製造業の派遣、請負で働く若者」だ。なぜ彼らを取材してきたのか。それは、「格差社会」と言われるこの国の矛盾が、彼らの上に凝縮して降りかかっているように思えるからだ。（「派遣労働者が起こした『史上最悪の殺人事件』」）

と、なぜかの女がロスジェネ（註、ロストゼネレーションの略）を対象に問題を追求するのか、その動機をしるしている。〇八年の米証券リーマン・ブラザーズが経営破綻し日本では大量の首切り、派遣切りがおこり、第二の非正規雇用労働者の存在がクローズアップされ赤木に注目があつまり、雨宮もかれの言論にふれ著作でおうじたことになる。〇九年はメデ

ィアにうごきがおこり、つまり格差の再生産される社会問題が山場をつくるひとつの要因となっていた。また小説界では一〇年下半期の芥川賞作品が、非正規、日雇ではたらく若者を主人公にした西村賢太の『苦役列車』(新潮社)であった。

現在、思いおこすことは

コロナ禍の不透明感のなかで現代詩のゆくえをかんがえ、歴史のモダンをおもいえがいていたとき、「今」につづく国情が九〇年代に直結していたことにハッキリと気づく。そして、その根本が「労働問題」にあることにゆきついた次第だ。そんな折柄のことである。

資料読みをつづけていた二一年十一月、水島美津江の発行する詩誌『波』第20号がとどいた。そこで、よんでいて目にとまった詩をとりあげてみることにする。はじめ一行のみが、こうあって、

忿怒の河に溺れてしまえ　ぼくよ!

と。そして、そのつぎの聯はこうつづく。

志はとっくに忘れた
愚にもつかないことばかりに拘り
慈しんでいるけれど
もう恥とも思わない
息をころして隠れるとすれば
なにに擬態すればよいのか
日ごと悶々とするぼくは
なにかに従い忠誠を誓えばよいのか

この詩に目がとまった理由は、感情の起伏がロスジェネ世代の赤木智弘と二重写しになってかんじたからである。なにに〈忠誠を誓えばよいのか〉といってみたって、大義がないなら、べつに〈忿怒の河に溺れてしま〉うことはないのではないか。そして、〈なにに擬態すればよいのか〉とおもっているなら、大義はないのだから、たとえば非国民色にでも〈擬態すればよい〉ではないか。しかし、詩句とはうらはらに、どうも〈志はとっくに忘れた〉だけの風ではないらしいのである。
詩の作者は、山田隆昭である。表題は、「ココロノカタチ」である。詩篇最終聯は、

カタチを見せない怨嗟であってもよい
どこかに芯があるはず
怒れ　軟弱な表現者よ
なんどでも
コトバにもてあそばれてしまえ

なにかしれない〈怨嗟〉が、〈ぼく〉といわれている〈軟弱な表現者〉にはたしかに存在している（らしい）。しかも、かれは〈どこかに芯があるはず〉だと、まだ「芯」の存在をしんじている。どんな風にかというと、

なにも見えない
見えないのに
恩　とか　愛　とか文字にすれば
観念ではなくなるような気もする

が　大蛤の吐く気に似て
悉く触れることが出来ない

ヒトがみえない「物」を言語化したとき、コトバにかこいこまれみえてくる「形」はうまれてくる。そうだ、「意味するもの（記号表現）／意味されるもの（記号内容）」の循環のなかのカオス状態によって、〈コトバにもてあそばれてしまえ〉ば〈観念ではなく〉外部「物」ときっと遭遇するだろう。〈ぼく〉は〈なにに擬態すればよいのか〉と、〈大蛤の吐く気に似て／悉く触れることが出来ない〉でいて〈迷走することで応え〉ようとする逸脱（＝脱構築）をくりかえしている〈ぼく〉には。――〈まだ蒼い僕の言葉が完熟のトマトみたいになればいいのに〉――この短歌は、萩原慎一郎の歌集中「蒼き旗」のなかの希望の歌だ。山田も時間軸の尖端で、歴史の淵をのぞきこみモダンを横断しようとしているのにちがいない。H氏賞をえた既成詩人かれも、やはりそうなのだ。コロナ禍の現在、みえてこない曲がり角で詩表現を獲得する際にたっているのだ。

山田の詩「ココロノカタチ」が、いまだかかれる時代環境をおもい、あの二〇〇八年当時の、『朝日新聞』「論壇時評」（十一月二十七日）からひいてみる。社会経済学者の松原隆一郎が、「正規従業員と非正規労働者」の不都合で不均衡な失業事情にふれ、仕事は生計を立てる手段にとどまらず、社会の中で「承認」され、アイデンティティーを確立する手段でもある。それにもかかわらず競争が社会を分断し、敗者のアイデンティティーは共同体の承認からも排除されている。問題は、市場競争が技術革新や不均衡を誘発する一方で、社会関係までが幾重にも分断されていることなのだ。

と「『ロスジェネ』論再考」を整理している。この正論、あたりまえにもみえる理路に声をあげ、その不当性を自己主張したのが前節ポスト・バブル世代の非正規労働者だった。そしてまた、心の逃避行「逸脱」をつづけるのが山田のえがく〈ぼく〉であった。

さらにもうひとり。洋泉社新書y『若者が《社会的弱者》に転落する』の著者、社会学者の宮本みち子から。「長期停滞と不確実性の時代」のなかでは、

おそらく、全般的にはこれまでのように長期に安定した生活基盤をもたない若者が増加し、欧米諸国と同様に、少数のグループの対極に、貧困化の避けられないより大きなグループが生まれるのではないか。これが、筆者の仮説である。

と。おおくの各種データ分析の未来形「真の危機とは何か」を推測したのは、〇二年の著作のなかでのことであった。

バブル経済破綻後の十年、多分もっともはやくに手掛けたのちの非正規雇用者にかんする〈筆者の仮説〉は社会学の枠組で論述されていたが、さらにバブル経済崩壊から三十年後の経済指標の悪化まではかんがえつかなかったように、ぼくはおもう。社会学の基盤となる、社会構造の破壊にまでにいたっているからである。詩篇のなかにロスゼネ問題の具体性はみることはできないが、〈社会関係までが幾重にも分断され〉（松原）〈長期に安定した生活基盤をもたない〉（宮本）、そんな人物の心象を、現代詩人の山田隆昭は表現してみせたのである。

そして、いろいろなことをかんがえてみて、ぼくはおもいだしたことがあった。そのひとつが、プロレタリア文学運動のはじまりをつげた雑誌『種蒔く人』が発行される前年の労働詩集『どん底で歌ふ』である。一九二〇年、大正九年五月、根岸正吉と伊藤公敬がだした詩集だ。社会の底辺ではたらくかれら労働者の社会詩を――たとえば、〈労働者は奴隷なり／誰か労働の神聖を痛感せる者ありや／われら常に激しき怒りと不平にみつ／他人のための労働は罪悪なり〉（伊藤「無題」）とある詩を、ぼくはメッセージ詩とよぶことにしている。それでは誤解され、詩心を昇華していないといわれる社会詩を、非詩とよんでいいのかと。しかし、かれには「雨」と題したこんなリアリズム詩、

雨がふる、

貧しき人の車輓く、破れし合羽に
しとしとと、つめたい冬の雨がふる、
道路ふしんのぬかるみにわだちを入れて苦しめる
貧しき人の肩に、
あゝ雨がふる

がある。「労働」観を堅持しているヒトの詩情があり、体験に根ざし現実を直視する態度からうまれた詩篇はいまだ詩として健在なのである。知るかぎりで、無名の詩人がのこした詩集は二度復刻されており、歴史的な書籍といえよう。メッセージ詩は、時代をこえてのこる。現代詩人がモダンの歴史を表現することを使命とするのとは逆に、ふたりのプロレタリア詩集は、歴史的なモダンをいまの社会にたいし逆照射しみせていることになるのである。

ところで〇八年の話題、小林多喜二作『蟹工船』のブームがおきたときの背景を、労働問題の専門家熊沢誠は一九年の『朝日新聞』(九月十八日)「時代の栞」のなかで、〈労働運動が後退局面に入って久しく、現状が戦前の労働環境とそれほど遠くなくなった現実がありました。〉とコメントをよせた。『蟹工船』評価と似たことが、労働詩集『どん底で歌ふ』にもいえよう。非正規雇用の問題は格差社会が放置されたままで解決されていない「今」

だから、現代詩がとりあげかかれてしかるべき「モダンの歴史」とかかわるのはメッセージ詩なのではないのか、とぼくはそうかんがえているのである。

ふたたび『反体制の条件』を

一九四五年、敗戦の体験が、人びとに反戦平和を目的とした社会詩の運動をすすめる契機となる。かれらは、リアリズムの立場からメッセージ詩を創作した。山崎正和はこの潮流のなかのひとりで、五二年の日本無名詩集『祖国の砂』（筑摩書房）に学生時代の記念碑「プラトーク」があり、革命的文学運動の拠点「人民文学」のメンバーであった。

ぼくが『反体制の条件』を再読することになったのは、山崎の評論集『哲学漫想』（中央公論新社）をよんだことがきっかけであった。前述で紹介したとおり、その著作は六八年の秋から一年間のアメリカ見聞録である。また、『哲学漫想』の帯文に〈現代を代表する知識人が遺した最後の評論集〉とあるのはともかく、その前文のキャッチコピーはここにひくのをためらってしまった。と同時に、集中の「あいちトリエンナーレ」をよんだ直後に加藤周一の相貌がうかんだ。加藤と山崎は〈現代を代表する知識人〉にふさわしいだけでなく、ぼくには羅針盤となる言論人であり併置しながくしたしんできた。そのうちの加藤は晩年、「左翼」とよばれることにとまどっていた。かれ自身は、言論の軸をデビューのときからかえたつもりはなかったからだ。社会のほうが右傾化した、といいたかったようである。

しかし山崎の場合、『読売新聞』の文章「あいちトリエンナーレ」はちがった。

> 率直にいって、私にとっては「表現の不自由展」という言葉そのものが、極めて奇異で不自然なものに響いた。「表現」という優しく控えめな用語と、「不自由展」という攻撃的、かつ挑発的な言葉遣いの結合には違和感がある。／とくに「不自由展」の目玉が現下の外交的な争点である、いわゆる従軍慰安婦の問題だと聞くにつけて、企画者は「表現」と「主張」という言葉を取り違えたのではないか、というのが第一印象であった。（「地球を読む」二〇一九年十二月二日）

引用箇所の前提条件である「主張」と「表現」のちがいを、かれは後段で〈主張は自らの自由にこだわるが、表現にはそんな執念は初めから存在しない〉と、歴史的な経緯をふまえ蘊蓄をかたむけ補強している。が、結句、前文〈表現にはそんな執念〉いかの文章は、上記引用をいいつくろい合理化するためのくりごとの類にしかおもえない。かれの無理筋の立論に違和感をおぼえ、ぼくは『反体制の条件』をよみなおしてみる羽目になったのである。

従軍慰安婦をめぐる少女像を〈芸術上の作品〉としても〈宣伝「芸術」〉としても否定する発言は国内向けにすぎないものだろうぐらいに、ぼくはうけとめている。ところで見聞録では現代アメリカの昏迷を、〈建国の理想として、世界と個人というふたつの存在だけを確信し〉、〈普遍的な正義というものにすべてを賭けた罰をうけている〉のだと、かれはみてとる。そして、難解にみせかけているだけのレトリックのさきでは、キング牧師暗殺事件でも大統領選候補ロバート・ケネディ暗殺事件にもなんらの価値観は用意されていないレポートである。ふたつの事件は、今日にまでつづくアメリカの病理だったはずだが。また、ベトナム反戦運動にも若者のヒッピー文化にたいしても、山崎はあらたなもうひとつの〈罰〉としたうえで、アメリカの「反体制」側に距離をおくレポートであった。こうした転換点の世界にたいする無関心は、今よみかえしてみると、ぼくは「変節」というコトバがふさわしいとそうかんがえている。ながくなるが、あともうすこしこの件をつづけ、そのあと『哲学漫想』からもう一題、『毎日新聞』(二〇年七月四日)に掲載された「今週の本棚」と詩誌『波』から水島美津江の詩をとりあげてみたい。

かれの「少女像」にたいする発言は、現在の東アジアの地政図をかんがえれば根拠のうすれた言質である。かつての戦争被害国の中国がアメリカに対抗する覇権主義にはしり、韓国は経済先進国の地位をきずき二度の市民革命をくぐりぬけ軍人政治を排除し民主国家を確立したポストコロニアル時代がとうらいしているからである。その韓国は自信をふかめ、旧植民地支配者の圧迫国民と対等の関係でのぞみ政治的な発言は強硬であり、かつての軍事独裁政権時代のような妥協はすでになりたちえない。こうした姿勢の根底にあるのが国富の拡大であり、また民族自決にある。たとえれば、文化面では二〇年に「パラサイト　半地下の家族」が非英語映画ではじめて米アカデミー賞作品賞など四部門を獲得、経済面では平均賃金が日本をこえその推移では三十年間上昇をつづけている、という事実がなによりも民族の自負心をうらづけているのである。とくに、八〇年代前半いこうにうまれたMZ世代は、先進国である母国しかしらない。かれらは、日本のロスジェネ世代とは真逆の関係にある。

ふたたび現代詩人と格差社会の問題と

敗戦後、現代詩が元気な時代があった。中村不二夫が二〇一四年にあんだ大部の『戦後サークル詩論』（土曜美術社出版販売）は、その間の運動を整理している。なかに鮎川信夫の社会詩にたいする批判を紹介しているのだが、ではかれら芸術派は人間存在にかかわるメッセージ詩に関心があったのだろうか。ぼくは、まったくその期待をもたない。

幽かなものが幽かに年月を渡ってきた
灯りを消し目を瞑ると
細く長い影がぼんやりと揺れている

幼き日父が立ちあげた町工場は
　油臭い匂いがして
ガタ　ガタ　と機械音が時を刻んでいた
帰りの遅い親を待ちきれない幼子は
父の机の横で寝入っていた

やがて
仕事の火照りを落とした男は
幼子を背負い家の灯の方へと帰って行った
東京　仙台　シンガポールと工場が移り

眩ま苦しく繁栄と変化を繰り返しながら
「ショウヒ」社会は綻びはじめ
いつしか町工場は跡かたも無くなっていた

いじょうは、水島美津江の詩「父の祈り」前半部である。ここには時代がもつリアリズムがきざまれており、生活の匂いがたちのぼってくるメッセージ詩である。芸術派をにんじたディレッタントの詩人たちは、明治の言文一致詩（のちの口語自由詩）いらい、かれらの詩的立場はメッセージ詩のもつリアリズムをいっかんして非詩あつかいしてきた。だから水島の詩も、否定の対象となるだろう。しかし、戦後の復興から中流階級が消失し産業構造が解体されてゆく歴史過程を、時代風景を骨格におき生活臭を喚起させる表現は、芸術詩派にはかなわぬメッセージ詩ゆえの領分でなければならない。かれらの意に反して、石垣りんの場合はやはり日用品の「鍋」「釜」が詩となった。

赤木智弘のアジテーションが散文（prose）であるなら、水島のポエムは韻文（verse）である。現在の口語短歌が表現する詩心とおなじだ。たぶんである、団塊世代のかの女自身の話になるのだろう。——革命の〈熱を帯び〉しかし〈一端の活動家にもなれず〉、〈脛に傷〉をもつ男との〈恋も成就する〉ことのない、そうした失意の個人史をかたった詩句につづく、つぎにあげる箇所、

確かなものと言えるのは
　いつも見えない流域にあって
　　寡黙な父の祈りだった

うすい日めくりを残して
　なおもうすくなっていく生の中で
剝がしては
・
いつまでも
ガタ　ガタ　と胸に響いてくる
あの油臭く活気に溢れた
「ショウワ」が　ゆれている

は、冒頭の〈ぼんやりと揺れている〉記憶と思念からはじまる詩篇さいごの括りとなっている。

　こうした庶民の戦後史をおもいながら、ぼくがおもいだしたことのひとつは、待鳥聡史が二〇年にだした新潮選書『政治改革再考』を書評した『哲学漫想』のつぎの一節であった。

評者自身、かねて八〇年代の日本には大きな節目があって、国民の社会心理に転換があったと考えてきた。これと政治改革がほぼ同時期に起こったことの意味を、あらためて考えてみたいという誘惑に駆られている。（「再発見された国の転換」）

山崎は戦後日本の軌跡にそって変化し発信をしてきた経緯があり、そんなかれだから八〇年代に〈大きな節目〉をみてとったり〈国民の社会心理に転換〉をかんじとったりしている点が胆である。その杜絶感の立場から〈政治改革がほぼ同時期に起こった〉と展開するところが、レトリックの綾取りみたようなかれの文体であり、かれ自身の軌跡のありようをろこつに物語るものであった。いっぽうで、水島の〈寡黙な父〉の〈町工場〉は、グローバル経済がすすみ構造改革のなかで倒産解体されたのである。つまり、〈油臭く活気に溢れた／「ショウワ」が　ゆれ〉、そしてきえてしまった。

じつは本稿を着想するきっかけは、待鳥の所説をしったことからはじまる。かれの著作については、興味とおどろきの連続であった。一冊のなかでも、政治改革が進められた時期に対しては、ときに「失われた二〇年」あるいは「失われた三〇年」などと否定的な評価が与えられることが珍しくない。だが、少なくとも憲法に規定される公共部門のあり方、すなわち憲法体制に関しては、極めて高い自己改革能力を発揮した時期なのである。(…略…)第三の憲法体制を作りだしたとさえいえるかもしれない。

とある、山崎もふれるこの想定はぼくにははじめての智見であった。政治学では〈条文改正なき憲法体制の変革は、(…略…)決して例外的なことではない。〉との記述を、「九〇年代以降の政治改革」の〈実質的意味〉だとする定義は、門外漢にはたやすく理解できることではなかった。ちなみに、上記の略記には、〈明治憲法体制の形成期〉と〈戦後改革期〉の説明がなされている。そして、バブル経済崩壊後の近年までを、第一の〈明治〉と第二の〈戦後〉とならぶ第三の〈憲法体制の変革〉期だとは、ぼくはかんがえたこともなく、まったく実感のわかない所説であった。もしそんな歴史的な時代だったとしたら、と気持ちはゆれた。また、政治学者と憲法(体制)観がちがうというだけのこととはゆかないと、そうもおもった次第である。

ただし、ぼくは山崎が〈国民の社会心理に転換があった〉八〇年代と九〇年代の〈政治改革がほぼ同時期におこった〉というように、あいまいには結びつけてはかんがえていない。終身雇用制が非正規雇用制におきかわる九〇年代後半、戦後からつづいた日本の就業形態の変化は〈憲法体制の変革〉とは別物であろう。九九年に専門職に限定されていた派遣制度が自由化され、〇四年の小泉政権時代に製造業にも解禁された。格差社会は就職氷河期にはじまりさらに法整備もされ規制緩和した以降を、そんなわけでこの稿ではとりあげてみたのである。なぜか、それは今日の現代詩のありようをかんがえることになるからである。

本稿、冒頭のリード文で問題提起したとおり――現代詩人とは円錐体、その「時」の尖端からモダンを横断する。「今」という歴史をあらわすヒトのことである。非正規労働者の赤木が〈「希望は、戦争。」と書かなければならなかった〉その理由は、持続可能な経済社会を維持するためには非正規雇用制を拡大制度化してきた〈格差社会においては、もはや戦争はタブーではない〉とかんがえるに至ったからだ。

では世の巨金を手にした富裕層は、かれらを救済するのだろうか。絶対にしない。「資本」ウイルスに感染した人間だからである。人間とはそういうものだ、そうではないか。経済学では、このことを「資産選好」とよぶそうだ（小野善康）。だからだ、大手証券会社の副社長が逮捕されるごとき経済犯罪がひんぱつしても、沈静化したりはしない。「戦争」の問題とは、結局は人間の問題のことなのである。赤木が〇七年に提起してから、十数年たつが格差社会にたいする是正だとか制度改正のうごきはまったくない。非正規雇用の問題を放置し、社会の不平等をみてみぬふりをしている、この階級経済社会の二律背反状態こそがいまの歴史的な現実なのである。ヘーゲル（『法哲学綱要』）流にいうと、利己主義が相剋し分裂する没倫理的な「市民社会」が再来したということになるのであろう。

メルクマールを

八〇年代、「近代の超克」をもくろんだポストモダニズムは尻つぼみとなり、おなじように新自由主義なるイデオロギーは、二一世紀の「妖怪」をうみおとす。変革とはうらはらに「非歴史」主義にほんろうされつづける「今」を、現代詩人はどうあらわすべきなのか。

詩論集『詩人の現在』（土曜美術社出版販売）をぼくが二〇二〇年の暮にだしたとき、サブタイトルを「モダンの横断」とつけた。そのことが誤解をうんだらしく、二一年十二月の大阪文学学校・葦書房刊行の雑誌『樹林』時評では誤読していた。上記にたびたび言及したとおり、「モダンの横断」とは、歴史をつくりかえることなのだ。現代詩人がおうべき使命のことである。このことを、やはり、くりかえしいっておきたい。

山田隆昭の「ココロノカタチ」では、

怒れ　軟弱な表現者よ
なんどでも
コトバにもてあそばれてしまえ

そのすすむさきは、言語表現の迷妄でなくモダンへの横断である。そして、また野村喜和夫の「もう一人の私」では、

居場所がない
という爽快を
私は全身にまとい始める

そのめざすそのさきは、心理劇の迷妄などではなくモダンへの横断である。なぜなら、かれらが現代詩人だからである。

現在のコロナ禍によるパンデミーのなかでヒトがかんじはじめている体験、そのふかくばくぜんとひろがる未来への不安は、文明社会のなかにかくされていた不条理の蓋がひら

かれ蔓延した病理である。そして、いちど火がついた感情は、人間社会の不平等にえいびんに反応するようになった。結句、ヒトの情理である。だからだ、現代詩人はこの現実から逃避することがゆるされないのである。

それともである――。前記の詩篇にあらわれた作品内―主体のふたりの人物は、「近代知」では解決できない人間の変容を暗示したはじまりなのかもしれない。いま、ぼくらはひとつの、ある歴史体験の直中にいるらしい。こうして書記している二〇二二年は、一九三〇年代の世界危機から一世紀がたとうとしている。そして、八九年、大戦後からつづいていた東西冷戦の終結が宣言されてからだと三十年がたち、いちれんの「歴史の終焉」を経験した。

しかしこの三十年は、人間みずからが理性によりえらびとる存在〈＝実存〉と格差が拡大する差別社会〈＝構造〉との関係性が修復不可能となった事態を、ロスジェネ＝ヒトは体験している。自己主体による「自由」の実現から、みはなされたのである。いえば、共産革命いぜんの一九世紀に再転倒した世態は、この三十年の新自由主義がグローバルを物語りうみだした市場経済社会であったという、資本主義制度の宿命を智見したことになるのである。

たぶんである――。問題解決を度外視している「実存と構造」のゆがんだ関係を、詩篇中ふたりの登場人物はかたりかけようとしていたのにちがいない。と、ぼくには、そうおもえてくるのである。秩序をきらい逸脱をそそのかす、そんなかじょうすぎる人間存在を予感させるからだ。

＊　本文中で用いた各種データ（数値）は、以下の『朝日新聞』記事に依った。「賃金格差の拡大、明記（経済白書　非正規雇用増　主因）」（二〇〇九年七月二十五日）、「限界にっぽん」（二〇一三年二月十八日）、「日本経済の現在値」（二〇二一年十月二十日）、「ニッポンの給料」（二〇二二年一月二十六日）、「経済の男女格差　日本一〇三位　（世銀報告書　昨年から順位下げる）」（二〇二二年三月三日）を参照。

参考文献

人見圓吉著『口語詩の詩的研究』（桜楓社　一九七五年）
今村仁司編　講談社現代新書『格闘する現代思想─トランスモダンへの試み』（一九九一年）
西川長夫著　平凡社新書『パリ五月革命　私論　転換点としての68年』（二〇一一年）
権左武志著　岩波新書『ヘーゲルとその時代』（二〇一三年）
竹信三恵子著『賃金破壊　労働運動を「犯罪」にする国』（旬報社　二〇二一年）
『情況』（二〇二二年　冬）「インタビュー　笠井潔（連合赤軍事件への思想的回答と展望─『観念的倒錯の病理』の切開）」、「解体された社会（福祉国家、中流社会）─『例外状態の人格化』」

黒田三郎の社会詩——日本語話者の歴史過程

黒田三郎の詩には、ふたつの歴史の文脈が関係し存在する。明治末年の口語自由詩いらいの詩史がたどりついた結実がひとつ、もうひとつはその口語詩自体の存在がとわれてきたこととのふたつである。具体的には、早稲田詩社の相馬御風、人見東明らが実践した現実にそくした生活詩をこころみた詩運動にゆらいする。またもうひとつは、大正デモクラシーと足並みをひとつにした民衆詩派の社会詩運動であった。

今日ではうたがうこともなくあたりまえの口語詩、あるいは口語自由詩の書法は、文語定型詩が常識であった明治の詩壇では、想像をこえる歴史的な着想であったはずだ。当事者の人見圓吉（東明）がのこした著書『口語詩の史的研究』（一九七五）は、幕末からはじまり明治四十一年の「言文一致詩」を対象にその記録が収録され、近代詩といったよび名ではまだ把握されていなかった。

散文では、明治三十九年の島崎藤村の『破戒』が夏目漱石によって西洋流の近代小説と激賞され、はやく口語による小説を実現していた。それにくらべ、韻文世界の近代詩のみちのりはとおく、文語定型詩の壁にはばまれ口語詩は実現していなかった。今日では口語自由詩とよんでいる近代詩は、その誕生時にはまだ言文一致の詩と理解されていた。人見圓吉は、そのことを証言していた。韻文の歴史は、散文のようには解決しなかった。

では今日、こうした歴史的な過程が終結、整序したかといえば、そんなことはない。民衆詩派の福田正夫が北原白秋に批判された根拠は、この歴史過程のなかにある。さらには簡明な詩体の表現者でありつづけた黒田三郎が、鮎川信夫に批判されたのもおなじことである。たしかに、文語定型詩はかかれなくなった。しかし、口語詩はその文語詩の幻想をまえにして、あるいは文語を基底とする言語の深層から詩表現としての機能を疑問視され批判されつづけてきた、否、批判にさらされつづけている。たとえば、欧米の文学受容史をふりかえると、日本語話者の言語問題はかんたんではない。

おもえば、ふしぎなことである。フランスの詩人ヴェルレーヌの象徴詩 *Chanson d'automne*（秋の歌）を文語定型詩におきかえ、その韻律にのせ一九世紀末の憂愁と苦悩を、上田敏は日本につたえた。自然主義の作品『破戒』にさきだつ、明治三十八年十月、『海潮音』に「落葉」と題し収録された。自然主義文学のテーゼ個人（自我）主義思想の確立のまえに、世紀末思想が移入されていた。芸術思潮の発生が欧州とは転倒現象がおきていたことも、精神性の問題をふまえれば奇怪なことではある。しかし、ぼくがふしぎにおもうのは、世紀末の感情が〈げにわれは／うらぶれて／こゝかしこ／さだめなく／とび散らふ／落葉かな〉と、文語詩として受容されていたことである。近代の、深遠な精神性が伝統的なコトバによってうけとめうる日本語話者の存在（＝スノビズム）がふしぎなのである。

＊

異論のあることとはおき、言文一致詩が口語（自由）詩とかんがえられていたのは、民衆詩派よりいぜんまでのことであろう。その理由は、あとでふれる。
では、その先駆者川路柳虹の二篇の言文一致詩をあげる。まず、「塵塚」では、

塵塚の中には動く稲の虫、浮蛾の卵
また土を食む蚯蚓らが頭を擡げ、
徳利壜の虧片や紙の切れはしが、腐れ蒸されて、
小さい蚊は喚きながらに飛んでゆく。
（第二聯）

と、ある。また「颱風」なら、つぎのとおりである。

無際限の空におこる暴力、
本然の暴力、
思ふがまゝに実行する力の権威。
原始の蛮性、
颶風！颶風！
巨人の手先にあしらふ侏儒のごとく
無惨に犯さるゝ処女のごとく
さながら都会は汝の下に倒さる

（第一聯）

『川路柳虹詩集』の「路傍の花」と「勝利」からとりあげてみた。この詩集は、一九二一（大正十）年の新潮社「現代詩選2」として既刊の一四（大正三）年の「かなたの空」をふくめ三冊の詩集を合著にし出版された。「路傍の花」は一〇（明治四十三）年に、「勝利」は一八（大正七）年に発行されていた詩集で、その間、八年がすぎていた。

「塵塚」は、口語詩の嚆矢「塵溜」が改題され収録された。この改題を、ぼくは前衛からの後退であるとかんがえている。さらに表題だけでなく、詩語にも異同がある。言文一致詩は、現実を直視するという自然主義文学運動のテーゼと一体となったものであった。だから、〈塵溜《はきだめ》〉という悪臭をきわめたコトバは引用詩にあるような、醜悪面をとらえ表現するという現実主義のうらづけであった。その点では、〈塵塚〉への変更は言語革命を後退させるおきかえであった。改題には伝統的な詩歌というカテゴリーによる制約がはたらいていた、とぼくはかんがえている。柳虹によれば、デカダンスの気分を基調にする印象主義（「序」）によった詩集には、しかし口語による言語運用とともに題材についても前代の浪漫主義からの脱却はあきらかではあった。

近代詩の誕生をかんがえるとき、上記のような文学史上のあらゆる出来事は無視できない。さらには、柳虹がみせた創作活動の変遷は現代詩の時代にうつった今日からも、その口語表現は日本語話者にとっての制約をかんがえるうえで、個人の問題にとどまらずひとつの参考となる体験となったことである。

合著詩集の「序」によれば、かれは象徴詩の影響をうけたそうだが、さらに欧州大戦後には未来派の運動にも関心をよせることになる。そんなころの詩が、「颱風」である。第二聯にはこのような、近代文明にたいする幻滅をまじえた一節をかきいれている。

颱風！颱風！
（…略…）
まして紙片にも似た危い建設の都市
貧しい部落の連続からなる東京、

汝の巨手にはあまりに力なき抵抗である、
猛獣の前に横はる昆虫の一匹、
砂上につくられた文化の儚さ！

と。ただし、現代詩の誕生につながる大戦の荒廃からうまれた人間精神といった対象でなく、あくまで一七（大正六）年九月に上陸した台風被害による感慨〈信仰も叡知も剝ぎとられた、／人間の無力、悲哀。〉を詩にしたものであった。

この詩篇は、言文一致詩「塵溜」初出から十年を二、三年をすぎたときの作品になる。その口語自由詩は平明常識にながれ、またその生命もおわっていた。自然災害に仮託されたへいばんな思惟、そしてへいぼんな比喩〈猛獣の前に（…略…）文化の儚さ！〉――は意図はともかく、柳虹の現実主義による詩表現は限界をあらわにしたといってよいであろう。明治末年におこり十年あまりをかけた黎明期の口語実験詩の現状は、個人の問題よりは先駆者が時代の限界のなかにおかれている実情をみてとるべきなのであろう。口語使用による詩表現は、ひとり川路柳虹だけの問題にとどまらないのである。

＊

日本語話者にとって、詩のコトバは近代詩成立期の課題であった。そこでこころみに、ふたつの詩をあげてみる。最初は福田正夫で、ついで北原白秋のものである。

おお、限りない太陽のよろこびの下に、
幼年者のたのしみはうたひ踊る。

抱擁せられた地の神秘を、
いつぱいに人々は感受して、
素朴の祭に霊の漂ふことを信じ、
はちきれた農繁後のたのしみはうたひおどる、

（「夏まつり」）

わつしよい、わつしよい、
わつしよい、わつしよい。
真赤だ、真赤だ。夕焼小焼だ。
しつかり担いだ。
明日も天気だ。
そら揉め、揉め、揉め。

わつしよい、わつしよい。　（「お祭」）

「夏まつり」は一九一六（大正五）年の詩集『農民の言葉』に、そして「お祭」は一九一九（大正八）年の童謡集『蜻蛉の眼玉』に収録されていた。刊行のずれとことなるジャンルであることを念頭においても、相違点は歴然としている。そのちがいは、おなじ口語使用ではあるが、コトバの言語運用がことなっていた。このちがいは二二年に民衆詩派と白秋の争点となり、論争がおきる。論争は、日本語話者の深層にひそむ言語感覚にまでおよぶものであった。この観点は近代詩の確立期の問題だけに限定できず、のちの現代詩の問題でもあることはおさえておかねばならない。

本稿にからむそんな事情もあるので、すこしくこの問題にこだわってみたい。福田正夫らが一七年一月にたちあげた雑誌『民衆』では、〈われわれは郷土から生まれる。われわれは大地から生まれる。われわれは民衆の一人である。〉と主張し、〈われわれは鐘楼に立つて朝の鐘をつくものだ。〉と宣言した。いわゆる、マニフェストである。福田個人は雑誌十一号の「詩の現在と其の精神」（一九）で、〈私たちがデモクラシイを詩に主張し実行する時、その最も根本は、詩が実在にふれねばならぬこと、個性の把握に生きねばならぬことである。〉といいきるイデオローグであった。あと一点、白鳥省吾の「民衆詩の特質」（『現代詩の研究』二四）からその主張のひとつ〈言葉の自由で平明であること〉をあげれば、民衆詩派の全貌は想像つくことであろう。

この時点で、民衆詩派に感情的な批判をなげかけたのは、芸術派の日夏耿之介だとか山宮允らである。ここでは柳沢健の単行本『現代の詩及詩人』(二〇)から、つぎのような一節、〈自分は、繊細な感覚、精緻な思想、謙虚な精神の持主に対して、何時でも脱帽するに躊躇はしない。反対に、粗雑な感覚空疎な思想、傲慢な精神の持主に対しては、常に侮蔑を禁じ難い。〉(「民衆芸術に対する抗議」)——をあげておく。まさしく、件のごとしなのである。

それでは、上記の詩篇をくらべてみる。「祭」にえがかれた歓喜するハレの情景には、かわりがない。福田の「夏まつり」は、言文一致詩の「思惟」がかかげた詩想をのりこえていた。と、どうじに口語自由詩という呼称から、今日、「近代詩」とよびならわす転換をあらわす詩であった。このことは、詩史に関係する問題である。では柳沢のいう〈繊細な感覚〉〈精緻な思想〉〈謙虚な精神〉とは、どんなことをいおうとしたものなのであろうか。ぎゃくに〈粗雑な感覚空疎な思想〉〈傲慢な精神〉とは、どんなものなのか。こちらの問題系は言語表現とふかくかかわる要件であり、芸術派による白秋の「お祭」理解のいったんを指摘するものになる。

そこでさきのつづきの文章をよむと、前者は〈エスプリを汲んだ仏蘭西の芸術家の群に対して尊崇の念〉にもとづいており、後者は〈米国生まれの芸術家、竝びに我邦の卑俗な民衆芸術論者〉にたいするものであると、そう説明がある。ぼくはこうしたディレッタンティズムというのか、好事家趣味は明治末から大正初期の耽美派のあつまり「パンの会」で命運がつきていたとかんがえている。その理由は欧州をおもな戦場とし近代兵器による破壊破滅がもたらした、さいしょの世界大戦の惨禍が関係していたとかんがえている。つまり、その終戦は人間復興という、二〇世紀の前衛芸術が到来する合図であった。

しかし、日本語話者のあいだでは、だいぶ事情がことなっている。それが、北原白秋の『蜻蛉の眼玉』収録の「お祭」の存在である。この詩を、ぼくは文語詩の幻想による結果の産物だとかんがえている。というのは、この詩が白秋の言語観をぬきにしては成立しないからである。詩のコトバにたいするかれの理解はこうである。

二二年十月、民衆詩派の詩を批判した「考察の秋」という文章がある。そのなかのひとつ、サブタイトルを「言葉について」とある福田正夫の詩を批判した節「粗雑なる表現の一例」から、かれのコトバにかんする発言をひいてみる。

詩に尊むべきは詩全体の香気である。（……略……）言葉は殊に自然の流露であらねばならない。そうしてその一つ一つが深い生命の韻律と香気とをさながらに具現したものでなければならない。

（『詩と音楽』）

翌月十五日から十八日にかけては、『読売新聞』に「散文が詩といへるか」でまたまた批判をくりかえした。かれのこうした主張のもつ意味は、民衆詩派の言語革命によってたつ言語運用を批判したものであった。広義には伝統的な詩歌観、文語使用にもとづくものであって、言文一致詩でも制約となった日本語話者にとってのすてきれぬ種属性であった。さらには、柳沢のような好事家のあとおしがあって、信仰されていたにちがいあるまい。アナクロニズムという時代錯誤であったことは、しばらくしてあきらかになった。欧州大戦後の動向が、あたらしい時代にうつろうとしている時のことである。

＊

黒田三郎とおなじ「荒地」の北村太郎が『黒田三郎著作集1』の「解説」のなかで、長編詩「妻の歌える」を〈態度の明確化であく抜けした感性の所産ではないのか。〉と論評し、また〈おもしろくない長詩〉と断言する八聯のうちの冒頭「1」をあげてみる。

あなた方は
　正義のために

　と仰言います
あなた方は
　祖国のために
　　と仰言います
あなた方は
　平和のために
　　と仰言います

私から
この貧しい
ひとりの妻から
ただひとつの願いを奪い去ろうとして
あなた方は
大声疾呼なさいます
あなた方の
　美しい言葉
あなた方の

重々しい身ぶり
あなた方の
悲壮な決意

あなた方の大声疾呼する声は
裏通りのよどんだ空気をふるわせ
たてつけの悪い硝子戸をふるわせ
食器棚の上の一輪挿しをかすかにふるわせ
隙間風のように
私の耳を襲います

再軍備
再軍備
再軍備

この「妻の歌える」を収録した詩集『渇いた心』は、一九五七年に刊行。その「あとがき」によれば、五〇年から五四年にかかれた六篇の作品をおさめ、〈作者としては、ここにひとつの「渇いた心」がある〉と、添書をくわえている。この作品は五二年の作品であり、再軍備に反対する内容であった。その年の七月、保安庁法が公布され、十月に保安隊が発足している。前年の朝鮮戦争休戦会議後、日本はアメリカの極東軍事戦略にくみこまれ安保条約が発効された時期の光景がうたわれた。

黒田三郎はのちの七〇年二月に「散文の論理と詩の論理」をあらわし、さきにもひいた白鳥省吾の「民衆詩の特質」中、自由で平明な言語使用にくわえ、この二点〈現代に対する情熱を持ち同時に未来へ飛躍する肯定的な精神〉〈着実なる現実味、ひいては此れまでの詩人が気づかなかつたあらゆる人間、あらゆる事物に詩を見出す取材の広汎〉を、かれはとうぜんだと積極的に肯定していた。とはいうものの敗戦のあと、戦後の政治環境、社会情勢の曲折をへたあとの七〇年前後の現状から、この見識は安直というのか楽天的だといった印象をもたれそうである。だが、かれは四八年の時点で、問題提起を〈詩が民衆のものであるという言葉は、ずいぶん言い古されているが、またいつも新しい意味をもっている。〉と「民衆と詩人」（詩雑誌『純粋詩』）のなかで発し、結論を〈詩は、常に弱い者の味方であり、民衆の抑圧された暗い一面の代弁者である。（…略…）詩人は特異な職分のかもし出すものによって、眼をくらまされてはならぬ、と。〉自身の立場をはやくに警句でむすんでいた。その延長で、民衆詩人の覚悟にたちもどっていたことになる。

このかれの立場とその詩作には、実際、鮎川信夫のしつようすぎるさまざまなかたちの反論が存在する。が、しかし詩人の心構え、そしてその社会性の問題だけでなく創作作品の結果にかんしては、〈社会的にひじょうに優れた詩というのは、そういう意味では不公平なもんで、ある人には書けるけど他の人には書けない。〉と厳然とうけとめていたことを、ぼくは葵生川玲の著作『黒田三郎近傍—生誕一〇〇年を迎えて』（土曜美術社出版販売　二〇一〇）でしった。

また黒田は、口外してこなかっただけで〈ぼくは、誰にでも詩は書ける、というのに反対の立場だったわけなんだ。反対の立場というのか、そう誰にでも詩は書けませんよというとなんですよ。〉と、七八年の『詩人会議』の新春対談では発言していたのである。さらには、葵生川は冒頭の北村太郎の論評にもふれており、こう〈詩人の生というものに対して、極めて重要な指摘でありましょう。一篇の詩を巡って、というよりも詩と評論の両方で、時代と生を賭けた壮絶に交差する詩人の闘いもあるのです。〉と反論、〈近傍〉の人がみてきた見解がある。

＊

北村太郎は上記「解説」のなかで例題作としては「妻の歌える」をあげていたが、その収録詩集『渇いた心』を〈わたしはこれをそんなにいい詩集だとおもわない〉といっており、〈この詩で黒田の対世界、社会の態度は決まったのではないだろうか。〉と、かれは論評していたのであった。だとすると、葵生川はその意義をはっきりと位置づけていたことになる。ということは、北村には戦時体験者の市井の声がとどかないだけだったのではなかったかと、ぼくはそうおもわずにはいられない。

小さな不安
指先にささったバラのトゲのような小さな
小さな不安
夜遅く自分の部屋に帰って来て
お前はつぶやく
「何ひとつ変わっていない
何ひとつ」
畳の上には
朝、でがけに脱ぎ捨てたシャツが
脱ぎ捨てたままの形で
壁には
汚れた寝衣が醜くぶら下っている

妻と子に

晴着を着せ
ささやかな土産をもたせ
何年ぶりかで故郷へ遊びにやって
三日目

（「ただ過ぎ去るために」）

この詩篇も長詩で、七聯のうちの四聯目を引用した。生活模様、その日々いちじつの生活をきりとった光景がある。ここにえがかれた一コマは、小市民がかさねる姿である。北村はねじめ正一のえがく火宅の人『荒地の恋』のモデルであり、最期にはある詩人の生涯『センチメンタルジャーニー』をのこしたかれが市民感情をうつした詩集『渇いた心』を〈そんなにいい詩集とは思わない〉と片づけたことに、ぼくは拍子ぬけした気持ちがしたものであった。

ではもうひとり「荒地」の、鮎川信夫の場合である。

鮎川は一九五六年の長編評論「詩人と民衆」のなかで、詩篇「妻の歌える」をちゅうしんに黒田三郎の社会詩を批判した。その軸は種々いくとおりもの物語をかたりながら、結局は〈政治ボケした社会詩〉だとか〈左派詩人のような自己欺瞞〉だとかといった心根をろうした、心底左翼ぎらいの小市民がかたる論調の文章であった。

そのかれは、詩「妻の歌える」をこのように理解しようとした。

この作品の中の妻のコトバが、彼の民衆観によって、かなり概念的に統一されていることはあまりにも明らかである。そして、素材の概念的統一の操作にくらべて、言葉の肉付けが不足しており、再軍備反対という主題には時事的なリアリティがあっても、詩内容には、ほとんど実生活上のリアリティが感じられないのである。

（V「社会詩とタイハイ現象」）

こうした発想形式は、芸術派の詩人が民衆詩派の詩を批判したかたちを踏襲したものとなっている。そうは、おもえぬか。

戦後五二年の「民衆」は、戦時体制下で体験した戦争――〈母は子を／妻は夫を／妹は兄を／子は父を／奪われようとしている〉――をわすれたりはしていない。鮎川の戦争詩とくらべられる作品には、じつは他者の死はあっても、みずからの戦争はかたることがなかった。だから、敗戦後のかれの詩の読者は作品のなかにえがかれた他者の死に哀悼したのであって、かれの詩そのものから戦争の悲劇をうけいれていたわけではない。ぼくにはそんな発想形式をもって詩作した詩人のコトバとしか、上記の文章をうけとることができないのである。西欧近代、一九世紀末のアンニュイを文語詩によって理解したようにふるまった、そんな辻褄のあわない芸術派の日本語話者をつい連想してしまうのである。

また当時、鮎川はこんな現実認識をしめしていた。

再軍備に抗議した「妻の歌える」（一九五二年）の主題は、いまなお軍備が少しずつ増強されている今日少しもその意味を失わないはずなのであるが、当面の時事的緊張感がうすれてしまえば、さほど意識されないのである。（Ⅲ「自己憐憫の限界」）

かれのこのような政治発言をよむにつけ、ぼくは、安逸をむさぼる現実逃避型の小市民の小言をきかされているような気がしてくるのである。

鮎川が『死の灰詩集』を批判したときもおなじことで、かれには想像力が欠如しているのだ。今日、たしかに保安庁は、防衛省と肥大化している。しかし、日本は戦後七十年いじょう外国と戦火をまじえず、反戦平和をつらぬいている。核問題に目をてんじれば、世界は二〇二一年、日本が加盟しない「核兵器禁止条約」成立を達成した。かれは現実主義の立場を堅持しながら、じつは生活者を直視しない発想形式、その社会詩批判はうたがってかかるべき言論だったのである。戦後つねにしめった抒情「秀麗」な詩制作者であった鮎川にたいしては、かれの詩をささえてきた日本語話者としての作法をよみとってみるべきである。かれには、社会詩はただの嫌悪の対象だったのである。

ぼくがこの稿を構想したときの関心は、日本語話者の創作問題についてであった。黒田三郎は四八年、戦後はやくに社会詩とともに〈平明〉なコトバによる詩を提案した。かれは一年の俘虜生活をおえて帰還、名古屋港で下船しみしらぬ人から渋茶のもてなしをうける。その一杯がこころの武装をとき、平常心を蘇生させる。このときの庶民とのであいが、そのごの筋金いりの「民衆」観のはじまりである。戦後、かれの詩業のはじまりは政治的な観念論などでなく、かくの如しということなのである。

日本語話者の詩人が伝統詩歌にとらわれているのは、過去の話ではない。現代人が言語運用にかかわりながら「詩」らしさをかんじるとき、どのような保障があって創作を実践しているのかを、ぼくはかんがえてみることがある。本稿は言文一致詩にはじまり三題噺みたような展開も、日本語話者の言語観の基底にたちもどり、文語詩の幻想からどれほど解放されているのかどうなのかを考えてみたからである。黒田三郎の詩表現は、だから、今日にいたる口語詩のひとつの結節点である確認となったことである。

＊　芸術派（ディレッタント）の文語偏重には、笠井潔が指摘――〈日本の王権が正統性の根拠としたのは、史書でなく勅撰歌集だった。史書とは違って繰り返し国家事業として編纂された勅撰歌集は、九〇五年の古今和歌集から一四三九年の新続古今和歌集まで二一集を算える。天の理ではなく、歌に込められた心情の共同性こそが日本的支配の正統性の基礎だった。〉（NHK出版新書『8・15と3・11　戦後史の死角』二〇一二）――するような基底の存在を否定できまい。ちなみに、明治の御歌掛初代の長は、『古今和歌集』を源とする桂園派の高崎正風であった。

詩人森崎和江——《異族》の叫び

その一——序章

創作者森崎和江は、詩人でノンフィクション作家である生涯を内部のこころと外部の世俗とのそうこくに胸をいためた。そして、そのふたつを情熱をもっておうらいし探求をつづけた肝のすわった発信者であった。

その人間森崎和江は、ふたつの変革期を体験した。ひとつは、植民地朝鮮から帰国後、一九四五年の敗戦後の混乱期である。もうひとつは筑豊炭坑で、高度成長期にむかおうとする産業構造の転換期であった。

こんなことを、かの女の作品をよみながらぼくは感じとった。この印象はかつての七〇年代前後も、そして今回もかわらなかった。そんななかでおもいついた連想は、日本の近代文学がうまれたころのふたりの文学者の苦悩する姿であった。そのひとりが、島崎藤村である。かれは第四詩集『落梅集』のなかの連作「胸より胸に」の一篇「吾胸の底のこゝには」で、こう〈吾胸の底のこゝには／言ひがたき秘密《ひめごと》住めり〉と告白し、さらに〈唇に言葉ありとも／このこゝろ何か写さん〉とあって、この「秘密」がのちの自然主義の散文作品「家」などに結晶するきっかけとなった。

もうひとりは、私小説という表現方法を発見した田山花袋である。その代表作である長編三部作「生」「妻」「縁」の第一作「生」を創作するとき、身内、なかでもとくに母親の行状を〝暴露〟したことを〈モウパッサンの所謂『皮剝の苦痛』——さういふものを細かに私は味はせられた〉と、『東京の三十年』一冊のなかで告白した。

過去の話題だといえば、今日ではたしかにふるいし文学青年の話である。しかし、自然主義文学がうまれたころの明治四十年は男のばあいも「個我」、のちに近代的自我といわれた人間性は封建的な因習によって抑圧されていたのである。いえば、家父長制下のヒエラルキーの話である。森崎が父祖の国でくるしんだ体験を、親の世代の四十年まえの青年も経験していたのである。

文学にたずさわる者には個我——自我の確立は、けっしてふるい話ではなく男女の性差、ジェンダーにかかわらず、つねに文学の本質にかかわる喫緊事でなければならない。森崎のばあいだってだ。とはいえそうとばかりといえない、四十年のはんぶんちかい旧植民地朝鮮での経験は、戦後、かの女だけの一般化できない「個我」《異族》をおわることなく形成しつづけることとなる。かの国朝鮮の生活体験が、かの女をして普遍化をゆるさなかったのである。

その二

その一般化できない言いがたき「秘密《ひめごと》」と、また味わいつづけた「皮剝の苦痛」の問題を、森崎和江のこととしてすこしくかの女に即しみてみたい。

かの女は七〇年から七一年にかけて雑誌『辺境』一から五号に、「秘密」のいったんを論じその条理「二つのことば二つのこころ(1)(副題)」を、〈あれから三十年も経ち、わたしはその私立学校の開校三十周年に、亡父のかわりに招待され式典に参列し〉たときの話(「訪韓スケッチによせて」)から、あらためて整理している。

森崎は一九二七(昭和二)年、朝鮮慶尚北道大丘府でうまれ、十一歳のときに父庫次がさきの慶州中学校初代校長として新羅の古都であった慶尚北道慶州邑に転居する。その学校は、朝鮮人日本人の共学校であった。そして四四年、福岡県立女子専門学校家政科に進学することになり、帰国する。十七歳のことである。連載おわりその(5)の「媒介者たちと途絶と」のなかからひいてみる。

流浪する者たちを私はことさら知っていたわけではない。また定住する者をもその心をも知っていたわけではない。けれどもその頃にはすでに私のなかに、流転を基本的な型とする人群に対する近親感は育っていた。これは言葉によって知らせられ教えられてそだったものではなく、あの土地で子供の私のまわりを常に流れていた感覚のなかの類似のものの方へと私が寄りそって行った結果である。

（大和選書『異族の原基』一九七一）

この一節は、芸（舞踊）をえんじる旅役者一行〈植民地朝鮮での、私とアイヌの人々との出逢いであった。〉――親子づれの少女の手をひき〈口元にくろぐろといれていたいれずみ〉をした母親は〈言葉を知らない〉、日本語をはなすことのできない人であった。――〈流転以外を選べない者として私が畏怖した暮しが、やはり身近にあった。〉と、植民地でうまれそだった生活者の秘話をかたったのである。つまりは、〈異族〉としての「秘密」であった。この感情は、老夫婦からきいた筑豊三井三池のヤマで坑夫としてはたらく沖縄与論島からの移住者にだとか、あるいは朝鮮人の坑夫にたいしてもおなじくいだいたことであった。

冒頭もういっぽうの「皮剝の苦痛」についても、いそぎここで「《生む・生まれる》モノローグ」からひいておきたい。

にほん人の文化は、外来の原理と習合しなければ社会的に機能しないのならば、そうであってもかまわない。（…略…）こうしたことは出産・出生と同じように、実存とそれから既成概念とのズレの問題であり、不自由な意識活動のせいだから。／これは私の願望でなくて、皮を剝いでひりひり痛む私の肉体の疼きなのです。

（日本現代詩文庫12『森崎和江詩集』土曜美術社　一九八四）

田山花袋の「皮剝の苦痛」も、じつはモーパッサンの作品をふまえ造語したものだったのだが、森崎の〈実存とそれから既成概念とのズレの問題であり〉〈皮を剝いでひりひり痛む私の肉体の疼き〉をともなうという主旨とおなじ意味でもちいていた。日本という共同体と植民地朝鮮そだちで〈異族〉として実存しうまれた「個我」との〈ズレの問題〉は、結句、生涯にわたり解決しなかったとおもわれる。

その三

さて、上記の「生む・生まれる」のそのちがいは、一九六五年出版の三一新書『第三の性（はるかなるエロス）』で観念としてほりさげられ、さらに日常生活のなかでの問題として具体的にえがかれている。詩友の松永伍一はその姿勢のさきがけとなる聞書き集『まっくら』（一九六二）をとりあげ、森崎和江の探求姿勢の結果を〈詩の再生の証だった〉（前記、土曜美術社詩集解説の一篇）と、位置づけてみせた。そして、この三一新書本については、またあとでふれてみたいとおもう。

かの女の第一詩集になるピポー叢書74の『さわやかな欠如』（国文社　六四）は、冒頭の「冬の放火」から「ほねのおかあさん」までの四篇は、「生む・生まれる」の観念性をモチーフとして暗喩的に詩におきかえた作品である。そのうちの「娘たちの合唱」のなかの、その「I」からひいてみる。

娘一の声

わたしをここに捨てたのだれ？

二の声

おかあさん？

三の声
そのおかあさん？

母祖たちの声
だれだろうねえ
わたしを……

娘たち（合唱）
くらい波のうえ
ここはどこ？
これはなに？
ごらんよすきとおるわたしの腕
ごらんよ燃えおちるわたしの指
（……略……）

母祖たちの声
ああ
ひかりがつづく
岸から岸へ
呪いの火がわたる
千の夜を今日にあつめて
お燃やしよ　おまえの血を
お燃やしよ　おまえを照らして
だれがみるのだろうねえ
おとめ
おとめ

前記評論「《生む・生まれる》モノローグ」のさきには、女性（性）の蔑視にいきどおる主張がいくどもくりかえされている。「生む・生まれる」というコトバのちがいは、かの女にとっては日本という国がもっている体制自体にまでほりさげられてゆく問題にちがいなく、異族がいだくゆるしがたい共同体の象徴的なコトバであった。

このくにの人びとにとって、「生む・生まれる」は思想となりがたいのか。
そのような社会に生きている私は、妊娠・出産をいまもなお「他《あた》し国の人」の行為としてかげのままさまよわせるだけなのか。

と、かの女は〈他し（＝私）国〉の〈かげ（＝異族）〉でしかない〈妊娠・出産〉の現状を批判し、さらに出産したときの体験をこう整理する。

私は、身ふたつになったころのうれしさを、親しい人々に告げる時「子供が生まれたのよ」といい、「子供を生んだのよ」とは言わなかった。

と。つまり、この国の出産には、女（身体性）である「主体」がおざなりにされていることをふりかえっているのである。上記、「娘たちの合唱」の「Ⅱ」では、こんな〈ああいつもきこえてくる／にがい声よ　おかあさん！／わたしたちははじめましょう／あなたとのおわかれを〉（三の声）の一節をかきこむことによって、女性（性）がしいたげられることの問題を詩によってもこたえていたのである。
さらに、森崎は差別の根源を、譚海のなかから『古事記』のトヨタマヒメ（豊玉毘売の命）の妹の話にまでさかのぼり「聖女」――〈神のもとへ行く〉〈神を守るひとを、産まず女《め》と決めた者は知恵者である。〉と、──筆さきを〈産女《うぶめ》という存在は人の矛盾の象徴である。〉と、権力構造にまでせまり、そのいきどおりをかくさない。そうたどりついたときの前後で、朝鮮語のこんなコトバ、「ナッスムニダ」をみつける。

　あったわ、こんな近くに。自動詞でもなく他動詞でもあるあの両義性。生む・生まれる、あの身ふたつになる働きの総体的表現。

神話のなかにも隠蔽され、家父長制の〈矛盾の象徴〉である出産をあらわすコトバの〈両義性〉を。それでは、『異族の原基』の「二つのことば二つのこころ」からコトバの発見にかかわる意味を確認し、そのうえでこの節をとじたいとおもう。

　そこで視点をかえ、べつ角度からコトバの発見についてみておこう。異族、その〈私はかつての朝鮮で、その風土をとおしてかの地にみちていた祖霊にも似た色感を、むさぼり吸った。そしてそのことに、久しく痛みつづけた。〉（「浮游魂と祖霊」(4)）そんな日本でのかの女がいた。雑誌『サークル村』での文化運動を実践し〈ごはん炊き、せんたく、そうじ、育児〉に、そしてまた労働者の〈夕食づくり昼食作りで接している〉多忙な時期の話が「生のはじまり・死のおわり」にでてくる。

それでも私は、ごはんを炊くことでものを考え、せんたくすることで一つの論理をたて、文字化する前に完了する。私にとって具象との出逢いは、言葉へのかけ橋なのである。文字は具象との出逢いの定着であり、間接的伝達法である。そしてのちによ うやく具象に帰る。

（『異族の原基』）

出産を経験した生活者としての「女」だけのことではない。表現者の作法をかたってい た。詩人であり、ノンフィクション作家の森崎和江がコトバとであうまでの姿でなければならない。しかもなぜ、かの女が大正行動隊などによる闘争〈具象〉にかかわるようになるのか、その論理もかたられていたことになるのである。

その四

森崎和江は一九五九年に女性交流誌『無名通信』を主宰し、その前年の谷川雁や上野英信らとの『サークル村』発行の活動時期をすぎ六〇年代にはいり、一冊の本『第三の性』でより〈具象〉的に副題「はるかなるエロス」にそって女性（性）の話題をあけすけにとりあげ、またはなしあっている。はなしあっているというのは、〈沙枝〉と〈律子〉の三

十代なかばのふたりの女性が、

女たちの性欲は、おのずとたまる雨だれになっていますよ、自然へ限定しようとすればその性の形而上的な心象や観念の裸形は偏よってゆき、弱められていきます。性交渉はまるっきり女を藁束として抱くように自然抱擁的になる。女たちの形而上への志向性は現実時間に直接に関与することなく、また社会対象化の道はまったく閉ざされていっそう衰亡をたどります。

と、このように森崎とかんがえられる沙枝が友人の律子にかたる――結核を病んでいた律子が歿する一年間の交換ノートでやりとりをしたものだが――そのときの文章であった。エロス〈性交渉〉にかんしても、女性の役割分担をおしつけ差別する男社会にたいするいきどおりをかたりあっていたことである。

もう一箇所、上記の「《生む・生まれる》モノローグ」とむすびつく、かんれんする文章を引用してみる。前文〈女たちの形而上への志向性〉とともに、

女の固有性は、ながらく、ぽいされてきました。下層労働者の男たちも同じことがいえるでしょう。ぽいされたそれをとりかえしたい、自己の存在を個としても類とし

ても主体的に生きたいという内発性が、ぎゅっとこりかたまって惚れるという心情を染めている。自己の存在を回復させようという意識・無意識の意図が一人の異性にむかうんです。（…略…）異性世界へ対する常かわらぬ造型愛・変革愛なしに個体への尊敬はこめられません、わたしは。（『第三の性』）

といい、副題が「はるかなるエロス」とある、その根拠をあきらかにした内容となっていよう。この「第三の性」は、たぶんボーヴォワールの「第二の性」をモジったものにちがいない。と、ぼくはおもったことである。

その、生島遼一がやくした新潮文庫五冊本の「I」を、ぼくがよんだのは六二年の六版であった。ひろくよまれた本であったことが、わかる。その副題「女はこうしてつくられる」と、宣言みたような「人は女にうまれるのではなく、女になるのだ」、および「幼年期」からさいごの第四章「同性愛の女」までの主張が後続のジェンダー論にあたえた影響は、森崎にもいえるのかもしれない。しかし、こころの底の「秘密《ひめごと》」をかたりだすまでの「二つのことば二つのこころ」の道筋は、かの女だけの体験にもとづくものでなければならなかったし、あたらしい時代の開拓者であったことはたしかであった。

その森崎がたどりついた結論のひとつは、こうある。

所有の観念を創造しないかぎり、既成の所有観念の外側で、現実に、その場で、あふれでているエネルギーは社会的諸現象の推移とも内部の止揚とも無縁で終る。私たちは非所有の所有という状況をそれに内在する生産性でもって評価しなければならない。女たちのその領域に於ける意識されない生産性は、いま膨大に流出しつづけている。

（「非所有の所有—性と階級覚え書」）


隠蔽されている差別は、今日でも「ステレオタイプ脅威」とよび存在している（クロード・スティール）。また、この一文の表題と副題は、一九七〇年に現代思潮社から刊行される書物の表題と副題となる。だからだ、かの女にとって、ジェンダーの中心となるモチーフがこめられていることになる。そう、女性差別にたいする解放の原理となるのである。『第三の性』で〈自己疎外の現実に対決のない年齢のつみ重ねこそ「年は六十でも心は十八」の本態ですよ。カマトト的成熟と本質的未成熟の断絶状況です。〉とかたる、おしつけられた女性差別の現状変革をうったえていたことになるのである。

ところで、この当時にかいた詩がある。第二詩集『かりうどの朝』の「牧場作り」がそれだ。冒頭のスローガンのような詩句〈からっぽの腸をすすって！／うなぎ刺しに錐をうって！〉につづく

とっぷりと暮れているたてがみをわり
ふくろうの母親が飛びたとうとする

はげあがったかなりやみたいな咽喉
歯をつきあげてくる伝令の火

やけどがしたいの　詩がほしいのよ
おんなたちは私有の森をひらきたい

さようならをしましょうよ
うすみどりの翅の子ら
（……略……）

女性差別〈非所有の所有〉への憤怒を暗喩化した詩であろう――〈女たちのその領域に於ける意識されない生産性〉を、逆にその現前化を鼓舞したものか。そして、その結句の寓意は、家父長制、あるいは男社会にたいしこう〈噴きだす水を握りしめて／野馬のように牧場の蛇をたべよう〉と、その詩表現は劇烈であった。

その五

森崎和江の詩人としての足跡は、一九五〇年の「飛翔」から六九年の作と註記されている「洗骨」をおさめた七四年刊行の『かりうどの朝』(深夜叢書社)にきざまれている。その詩集「あとがき」によれば、散逸したものがおおいいなかの〈およそ二〇年間の詩を収めた。二三歳から四〇代へ入るころのものである。〉という。

松永伍一に「飛翔」を発表したころの〈「母音」に集まって詩の虜になった日々〉を回想した「旅人への頌歌——森崎和江への手紙」が、まえにも紹介した『森崎和江詩集』(土曜美術社)に収録されている。それには、

あなたがはじめて登場したのは一九五〇年の第二期第三号で、「飛翔」という詩が出ており、谷川雁、安西均、丸山豊らの列にその詩が加わり、翌年の第四号に平田文也があなたと並んでいます。そして第五号から高木護と私が参加し、そのあと川崎洋も代表作「はくちょう」を谷川雁の「商人」と並んで発表しています。あなたの「冬の放火」が出ていたのもその頃でした。

と、〈若さだけが自慢の私たち〉の時代をかたったものである。そのなかの、五二年発表の詩篇「冬の放火」は第一詩集『さわやかな欠如』の冒頭におさめられており、かの女にとってもとくべつの意味をもつ詩であったのであろう。

生まれたもの（合唱）
おお　そしていっせいに火を放とう
……ひかりながれる夜よ　氷とける海峡よ
つまさきのもとにまるい地球　ころがる球よ
炎のかがやきよ……

天の声（合唱）
わがことばは炎となり　ひらきおえた草の実の火　きらめく球よ
かがやいてあれ生まれくるものら　なめらかに燃えよ　わがことばぐさ

と、たしかにわかさはじける旅立ちをつげる詩であり、さいしょのダイアローグ形式によった詩篇であった。五二年の作品を、松永がおぼえていたこともうなずけよう。かれらがあつまっていた詩雑誌『母音』は、丸山豊の手によって四七年に創刊されていた。かれが軍医として出征し帰還した、一年後のことである。郷里久留米に医院を開業しながらのあらたな詩運動のはじまりとなる。その当時のことを、宮本一宏は『九州の近代詩人』(国文社　六四)のなかで紹介しており、

戦後の詩壇に「新秩序への抒情的予言」という提言を掲げて登場した詩誌『母音』は、丸山が安西均らを誘って昭和二十二年四月に創刊したものである。その翌月彼は第五詩集『孔雀の寺』を、十二月に第六詩集『地下水』を矢継早に上木し、詩人としての自信を回復した。

とつたえている。

森崎は、この「母音」の参加は電柱にはってあった「母音詩話会」のビラをぐうぜん見てのことであったと、詩集のあとがき「私が詩を書き初めた頃」(『風』)で回顧している。そこで谷川雁とであい、離婚後の五八年春、ふたりの子供をつれ筑豊炭坑周縁の中間市で、かれとの同居生活をはじめる。そのあとの実践活動は『闘いとエロス』(三一書房　七〇)でくわしい報告がなされており、同志でもあり『工作者宣言』の著者谷川との二人三脚は、ノンフィクション作家の道をきりひらいてゆくことになるのである。

ここでは、とりあえず詩の話が中心となる。かの女の転機は四七年の女専卒業後に結核

による療養中におとずれるが、将来を決定づける転機は弟の自死であった。五三年のことである。そのちょくごの詩「海」には弟にたいし、つぎの一節に〈わたしたちにとって／なぜいつもはじまりであるのか／きのう自殺したおとうとの／この出発をせおって／わたしは死を終焉へはこぶことができない〉とあって、かの女の直情をうかがいしることができる。

そして、さらに詩篇の後半は、

ああおにぎりがほしかったおまえ
借り着の服もろとも傷ついていたおまえ
わたしらの選択は散りいそぐ旗にのまれ
かもめの舞うはとば
くりかえす出発のなかの
孤児と孤児と

朝日にすけてみえなくなるおまえの遺体
わたしらのつぶやきのように
しおかぜに消えるおまえの青春

浮浪児の散弾がとぶ
わたしらは船にのるのか
船はゆくのか
海は……

おまえ
生きかえれわたしのまえに
およごう　おまえとともに
海のないはとば
はとばのない海へ　ああ

（『かりうどの朝』）

と展開している。たぶん、A・カミュを悩ませたフランス語なら「ピエ・ノワール（海外からの引揚者）」、朝鮮からひきあげてきたときのイメージを濃厚にかさねながらふたりの生きざまをかたる。そしてこの詩には、弟の死をいたむ肉親の情が吐露され心のなかでこだましている。

ところで、そのぜんごの経緯を、おなじく詩集『かりうどの朝』「あとがき」に谷川雁とかんれんづけかなりのスペースでかきとめている。つぎに、その一部をあげてみる。

父の死の半年後に、弟・健一が命を絶った。早稲田大学二年。死の数日まえ、私をたずねてきた。共産党の五〇年分裂ののちの東京での心重い生活を、彼は語ること少なく、ただ「しばらく甲を干させてくれないか」といった。「そうさせたいのに、わたしには一寸の土地もない」と私はいった。夜ふけまで無言で、どちらとも体が裂かれるようにつらくて、無力であった。

このように日本になじめず政治的にもゆきづまる《異族》引揚者である弟のこと、その生きることの複雑さと身体の重要性に気づき、〈まだ生まれぬ論理へ自分の破壊すらそそぎこむ〉森崎和江、その〈異族〉をすくったのは、谷川との共同生活であった。筑豊の生活が日本の、沖縄の、朝鮮出身の「資本」に搾取された下層炭坑労働者に目をむけ、かつての女性炭坑夫の話を聞きがきすることとなる。ノンフィクション作家の誕生であった。

その六

森崎和江が弟の死を客観視できたのは、一九五九年の詩篇「彼の短い一生」のなかでの

ことである。その詩篇では、

なにをかければよい・おまえの破滅
なにを捨てればよい・おまえのパン
ひとりの浮浪児を抱くために

（…略…）
〈ああ　坊や！
ここにいたの！
あたしが坊やの血を吸ってしまった！
坊や
あたしの腕をお喰べ！〉

悔恨の帯でせわしくおんぶして
〈坊や寒かったでしょう〉
浸してやる　脈打つ原罪のつぼに

とあり、弟の死をくいながらの再出発のあったことをしることができる。そして、その収斂は、

賭ければよい・おまえの破滅
捨てればよい・おまえのパン
餓死した浮浪児を抱くために

とある決意をかたっていた。
そのいっぽうで、おなじ年に、女性蔑視に怒りをぶつけた詩をかいている。それは、転機後を立証するような、散文でみせていた境地を詩の世界で物語る「無名」であった。まず、その前半から。

みだらな野菜をすてて
炭塵をむかった女らが降りていった
なぜ男は羽根かざりに似るの
家畜のいばりのなかで

傘をさした火がもえているというように
とおまきに

青空をなめてきた霧を吐いて
あかんべしたはだかがすれちがう
ひきずっていくスラ*の石炭をつぶに
とびちった紅はこおったまま

＊　上野英信の『地底の笑い話』中、15頁に山本作兵衛の記録画「長い街道のスラ曳き」が掲載されている。

と、女坑夫からの聞き語りを詩化し、外形ばかりの男の軽薄を揶揄した。その後半は、

わたしを掘りだしてごらん
すてつづける納屋に綿がいま
おおすぎる　うぶげのかずが
雪にもえるぼたやまのように

つるはしにまがった指に
ふにあいな　すべてのやつ！
寸ずまりな絹をにくむさめ肌で
吹いてやる　犬神のふえを

とあるような、一冊の『産小屋《うぶごや》日記』（三一書房　七九）を凝縮するように、はじることなく女性を差別する一方的な男社会を、かの女は糾弾していたのである。こうした詩篇は自身の詩観に――〈私は、詩とは、本来、他者とのダイアローグであると考えていた。自分以外の、自然や人々との。〉（『かりうどの朝』）と「あとがき」にあるとおりのものであった。さらに、その詩集表題は、この立場を象徴する「時代」という森林の探求者のおもいいれを暗示するものではないのかと、ぼくはおもう。この地点にいたるもうひとつの「転機」にふれることで、なぜ「今」、森崎和江をとりあげるひつようがあるのかを説明しておきたいともおもう。

その七

森崎和江が女専卒業後、結核治療のため佐賀療養所で療養をつづけたことは、すでにふれたとおりである。その間に、「年譜」によれば風木雲太郎主宰の詩雑誌『岬』に詩を発表するようになる。かれ風木については、さきにあげた宮本一宏著『九州の近代詩人』でとりあげている。しかし、かの女は「岬」での話をかたらず、しかもその当時の詩篇ものこってはいないようなのである。だからであろうか、『かりうどの朝』の「飛翔」が第一歩となる記念碑（詩）となっている。

ただ、沖積舎の現代女流自選詩集叢書②のみずからは第三詩集『風』（一九八二）には『かりうどの朝』収録いがいの詩八篇と、そして土曜美術社の日本現代詩文庫の『森崎和江詩集』では「未刊詩篇」にかなりの詩がおさめられている。そのなかには、戦後のモダニズム詩ににせてかいたような詩篇が散見できる。たとえば、後者の詩集には、

虹をまき散らす
たまごを生もうとして
それとも
生まれたての　たまごか　あれは
ひくひくまわる
ぽたぽたしわぶく

（一六二）

といった、エクリチュールはモダニズム風に軽妙かつ意表をつく、きばつな展開をみせた詩である。そして、三行詩をかいていた時期でもあったらしい。前者の詩集だと、

つばを吐いて
とび散ったほうへあるく
風がないね

（「遊女」）

だとか、そしてこんな詩篇もある。

こぼれた微笑がいとしくて
風が
あなたのうしろを吹いている

（「手まり」）

と、なかなかのハイカラ風をきどった詩である。また後者だと、

霧が
落葉を重くする

夜も……

（「旅」）

こう、一瞬というのか自然の光景をきりとって定着させながら、余韻をたのしんでいる風の知的な詩になっている。こうした詩篇をよんでいると、『かりうどの朝』でみせたような「秘密《ひめごと》」を社会化させた詩群とはあきらかにちがう。こころの底によこたう〈異族〉をかたり、また「皮剝の苦痛」にこころいためた表現者からは、とおいい位置にある。
かの女の回想であるなら、こうである。詩集『風』の後記「私が詩を書き初めた頃」のなかで、〈生きて行こうと思う私は、植民地体験に沈んでいる自分に向かって、ほんの少しでいい、母国の中の何かを誇りたかった。それでもって自分を元気づけたかった。（…略…）生きて行こうと、一日一日を這うように過ごした。〉とかたった。そのころの詩が上記のものだったのでは、とぼくは推測している。そして、外泊許可をもらい、バスの窓から例の詩話会開催のビラをみる。そのあとのことについては、すでに記したように真性を

あらわにした現代文学者、リアリストの誕生となるのである。

その八――終章

ぼくが現在かんがえ関心をよせているのは、森崎和江がふたつの変革期を体験し、さらにそれぞれのアポリアをのりこえてゆこうとする、その転機にとりくんだ姿勢をあきらかにし学びたいとおもったからである。それは今日のことだけでなく、ぼくの六〇年代から七〇年代にかけてのことでもあった。

そんなかの女をおもいだすそのきっかけになったのは、北島理恵子の詩集『分水』をよんでいるときのことであった。「今」、現代詩が時代をうつすことのない器でしかないことを、おもっていたからである。かの女がだしたさいしょの詩集『三崎口行き』は、自意識のかった理知的なものであわい郷愁のただよう詩心のあふれる詩集であった――と、ぼくはおもいだしながら、第三詩集『分水』をよみすすんだ。二冊の詩集のその間は、二〇一一年と二二年の、十年の時間がすぎていた。この十年間には、しんこくな事態とその歴史過程に目をむけるひつようのあった十年だったと、ぼくはゼロ年代につづくディケード「十年」をかんがえている。

社会は時代とともに変化する。〇四年一月に、アメリカの偽情報（イラクが大量破壊兵器を所有）にはじまるイラク戦争へ自衛隊の先遣隊が派遣され、六月には多国籍軍に自衛隊も参加している。実はすでにそのまえの、〇一年にテロ対策特措法が成立し、海上自衛隊がインド洋で給油活動をはじめていた。〇三年三月の湾岸戦争開戦の前後には、アメリカの要請にしたがい日本は戦争にくみこまれていたのである。参戦の下地が形成されていったその後、安倍政権時にいちれんの戦争法案が閣議決定され、一五年九月十九日に安全保障関連法が成立する。戦争は、突然おこるのではない。昭和はじめの経済恐慌から、日米開戦にいたるまでの歴史過程をみてみればわかることだ。

そして、二二年のウクライナ戦争により多極化し分断する世界。あるいは、日常生活にまで影響をあたえている世界経済。そんな一年を平時のできごとでなく戦時の文脈でみなおしたら、分水嶺をこえた現在はどのようにみえてくるのだろうか。日本にとっても、とおいい国の戦争ではない。

詩集『分水』の序詩にあたる*etching*は、銅版画の作製にことよせ〈完成することのないわたしの銅板を／赦すように／プレス機にはさむ午後／版のうえに重ねるのは／雨を吸った砂色の紙だ〉とあるそのつづきに、

わたしは目を瞑る

未来に版を送るのではなく
過去から現在へ
ともすれば
形を変えた過去から今あるわたしの方へ
作品を刷り上げる
思いもよらない絵肌を待ちながら

と、つづく。では「分水」は時のさけ目をとびこえ、どんな〈思いもよらない絵肌〉をつくるのだろう。

できあがる銅板画を詩篇におきかえると、タイトル「二〇一五年八月三〇日」の詩になる。この日付は、詩篇の註にある〈国会前で大規模な安保法案抗議集会が開かれた〉日にあたる。物語では明治三十五年にうまれ、出征軍人の「千人針」を体験した「キヨ」さんは、その集会に戦死した息子を〈「寅年なのに／自分の子さえ助けてやれなかった」〉理由で、隣家の「ハナ」ちゃんをさそい参加する。

安全保障関連法抗議のデモの人なみにおされつんのめったそのとき、突如、敗戦前に時はまきもどされ時間のさけ目、タイムトラベルははじまる。「キヨ」さんは、その戦時の時間帯のなかで、戦死した〈自分の子〉の遺骨がはいった〈小さな白木の箱〉をわたされる。

わたしは思い出した
あの日
土色の軍服を着た男たちが
小さな白木の箱をもって
お隣の家にやってきたこと
「息子さんは名誉なことでございました」と
若かったキヨさんに向かって
棒読みで云ったこと
キヨさんがようやくなにかを云おうとしたとき
「さすがに護国の英霊のお母様です」
すかさず中のひとりが
キヨさんの言葉を　涙を遮ったこと
物のように白い箱を差し出したこと
小学生だったわたしは
垣根の陰から

それをじっと見ていた……

もちろん、明治三十五年うまれで百十歳をこえている詩篇の「キヨ」さんは仮構された時間のなかの人物でなければならない。序詩中、〈過去から現在へ（略）過去から今あるわたしの方へ〉、戦争に反対する母親は、しかし今日も存在しつづけるのである。

また戦後、八〇年代いこう九〇年代にかけて、あたらしいエクリチュールの言語遊戯の詩がはやりかけた詩作に、おわりがつげられる。二一世紀ゼロ年代はアメリカの覇権主義による「あたらしい戦前」がはじまっていた。日本も、その渦中の国になっていた。そんな時世のなかで、理知的な詩をかいていた北島理恵子は、二二年に上記の詩篇をおさめた詩集『分水』を出版した。たぶん詩人は、表題の「分水」を時代のわかれめ分水嶺を暗示してもちいたのだと、ぼくはそうおもったものである。そしてその詩心が、危機の時代にきりこんだ。

たしかに社会は時代とともにかわってゆき、とくに現在の若年層はむきだしの社会批評をさけるようになった。そのことは、現代詩もおなじである。だが、北島の詩篇は、理知をきかせた方法によってむきだし感をほどよく知性にうったえかけているものとなっている。この詩人のあゆみをみていて、そんなときにふと、ぼくは森崎和江の存在をおもいだしたことであった——上記、《なぜ「今」、森崎和江をとりあげるひつようがあるのかを説明しておきたい》とかんがえるようになったのかは、今日の日本の仕儀をかんがえた所以であった。

その九—覚書

森崎和江の一冊の本をひらいてみると、かの女の訃報をつたえる『朝日新聞』の記事がはさんであった。二〇二二年の六月十五日、享年、九十五歳とあった。同紙、二十八日の文化欄掲載のリード文「家父長制下の母性問い直した」とある記事では、ノンフィクション作家の梯久美子が「森崎和江さんを悼む」を寄稿していた。「書く理由」を、原罪意識——〈自分を育んでくれたのは朝鮮の大地と空気であり、人々の優しさだった。そのことに何の疑問も抱かず、いつもお腹いっぱい食べて、自分たちの生活がそのまま侵略であることに無自覚だった〉と、森崎は答えたそうである。

やはりおなじ年、九月十日の朝日夕刊の「惜別」欄では県人権啓発情報センター前館長の井上洋子はかの女から〈「私は事件の女だから」と口にするのを聞いた〉そうで、取材記者（高木智子）は〈作品より波乱の人生を好奇にみられることも。〉と、つけくわえている。森崎による〈異族〉の「主張」は、ジョゼ・ダイアン監督、塩谷信介訳『ボーヴォワールと語る——『第二の性』その後』（人文書院　一九八七）の識者二十八人（プラス）との対論とくらべても引けをとらない独自性が発揮されたものであった。時代をおいかけ真摯に、そしていちずの人生をいきぬいていたのである。

＊　旧植民地朝鮮でうまれそだった森崎和江が《異族》という感情をいだきつづけるようになった根拠を示唆する言説を、宇田川幸大の岩波ブックレット『私たちと戦後責任―日本の歴史認識を問う』（二〇二三）のなかから、いかの箇所を引用しておきたい。〈満州事変以前の戦争や暴力をあまり論じないというあり方は、帝国日本の「民衆の序列」をみえにくくします。沖縄、アイヌ、ウィルタ、チャモロ、朝鮮、台湾など、帝国日本の「序列」の中で、元々差別や抑圧にさらされていた人びとが戦争に動員され、ここでも不条理や犠牲を強いられたという事実は、戦後日本政治と社会ではあまり認識されていません。〉ここで指摘されている〈帝国日本の「民衆の序列」〉は森崎が糾弾してきた戦前だけでなく、戦後の日本社会をふくむ国家の構造である。

参考文献

谷川雁著『工作者宣言』（中央公論社　一九五九年）
上野英信著岩波新書『地の底の笑い話』（一九六七年）
上野朱著『父を焼く　上野英信と筑豊』（岩波書店　二〇一〇年）
宮田昭著『炭坑の絵師　山本作兵衛』（書肆侃侃房　二〇一六年）
谷川雁『ある工作者の死貌　未公表対談座談会』（ガリ版印刷。その他、不詳。ただし、一九五九年の森崎和江が自ら主宰の『無名通信』、あるいは「大正行動隊」、安保闘争後と座談会で触れているので六〇年以後の出版であろう。森崎は『闘いとエロス』の中で、六〇年十月に編集長中村卓美によるガリ版印刷の第二次

「サークル村」が出されたと記している。総ページ五〇頁。頒布価格は、三五〇円)。ホッチキス留め冊子の内容は、以下のとおり。

座談会「集団創造の姿勢について」(出席者・堤輝男、森崎和江、上野英信、田中巌、上田博、坂田勝。司会者・谷川雁)。対談「大衆形式と労働者の顔―上野英信著「親と子の夜」をめぐって」(谷川雁、上野英信)。対談「サークル意識と企業意識」(谷川雁、中村卓美)。第二回座談会(A)「前衛をいかにつくるか」(司会・中村卓美。出席・谷川雁、香月寿、上野英信、森崎和江)。座談会(B)(出席・加藤重一、香月寿、河野信子、谷川雁、田中巌、中村卓美、上野英信、福森隆。テープ整理、村田久)。

木島始詩集『夢中私記』——新資料、四行詩の誕生

　ある詩の専門店の古書目録に木島始の「予定稿『夢中私記』」と書記記載されていた稿本を入手した。とうぜん手にするまではどんなものなのか、ぼくにはエッセイなのか詩集かどうかもわからなかった。その稿本『夢中私記』がとどいて、仮綴の四行詩集の手製本であることが判明したしだいである。

　そこで、この稿では、木島の手になる四行詩についてふれてみたい。

　まず、かれのだした四行詩集をあげてみる。一九九四年、筑摩書房から『われたまご 一二三篇の四行詩集』がさいしょに出版されている。ついで、一九九九年に『根の展望——連作体四行詩　十三集』（土曜美術社出版販売）を、またおなじ出版社から二〇〇〇年と二〇〇五年に四行連詩集『近づく湧泉』および『近づく湧泉　第二集』をだしていた。あと、ぼくがよんだ四行詩集は『バイリンガル四行連詩集〈情熱〉その他』（土曜美術社出版販売）などだが、ほかにも「木島始／主な詩集発表の歩み」をみると、未見の四行詩集がなお数冊ある。か

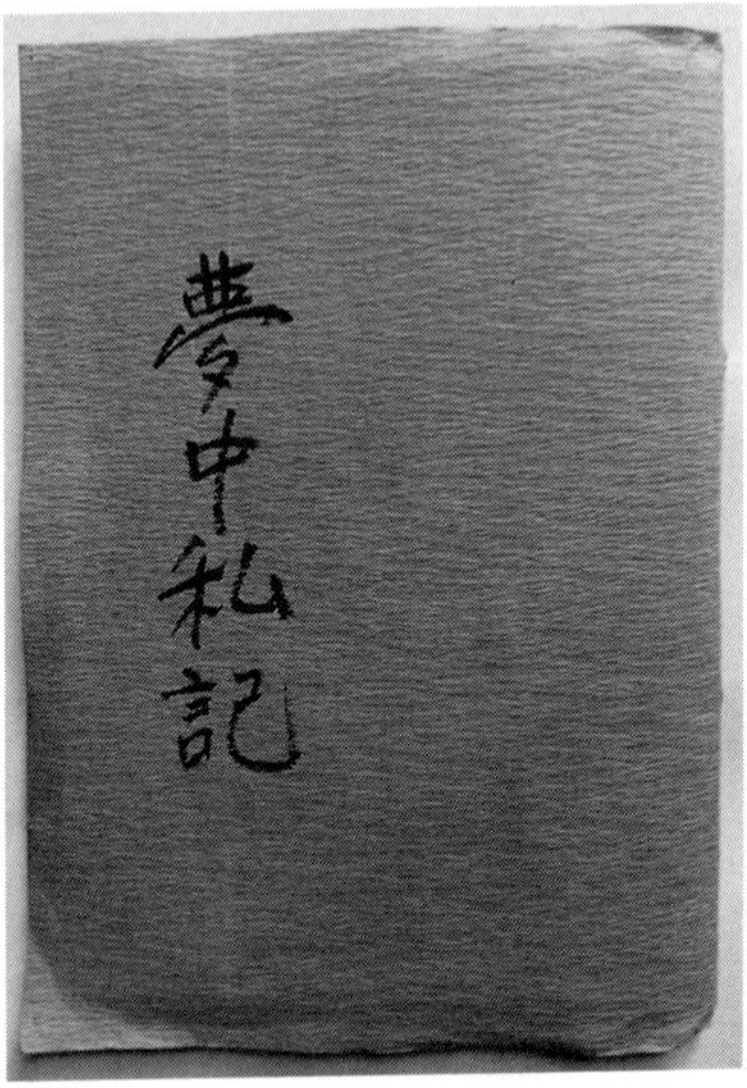

稿本『夢中私記』

れには、○四年病歿する最後となる『近づく湧泉　第二集』を校了までの旺盛な四行詩運動をみてとることができる。

その運動の過程で誕生した「四行連詩作法」は、つぎのとおりである。

1. 先行四行詩の第三行目の語か句をとり、その同義語（同義句）か、あるいは反義語（反義句）を、自作四行詩の第三行目に、入れること。

2. 先行四行詩の第三行目の語か句をとり、その語か句を、自作四行詩の第一行目に、入れること。

この「作法」には付則で、〈この1と2の規則を交互に守って連詩がつづられる場合、最初にえらばれた鍵となる語か句が、再び用いられた場合、連詩が一回りしたとみなして、終結とし、その連詩の一回りの題名とすることができる。〉と規定されていた。いじょうは四行連詩集『近づく湧泉』に掲載されていたものだが、九九年におなじ出版社からだされた『越境（長い四行詩話―四〇篇に聯弾する）』にもどうようの作法がのっている。連詩の法則（式目）が、どうやらこのあたりにはすでに確立していたようである。

こうした作法は過去には「連歌」の詞のしり取りと掛合いにみられ、類似しているといえばそういうことになる。連歌の作者は数人であるが、ひとりでおこなうものを「独吟」といい、二人なら「両吟」三人を「三吟」といった。この呼称を、木島の四行連詩でももちいた節がみられる。また、連歌が伝統和歌の衰退と庶民階級の発生に関係していた歴史は、現代日本の九〇年代にみられた動向とかさなりあう部分がありそうである。

*

そもそも木島始のはじめた四行詩というジャンルが形をととのえたはじめは、九四年にでた『われたまご』であった。本書その「まえがき」によれば、

もともと葉書にかいたりした四行詩が、しだいに姿かたちを変えだし、絵と向いあうかと思えば、異国のことばのなかにまで生きのびようとしだした。

いつのまにか数も増えだし、今も書きやめることがないから総数何百何十篇と数え

ることができないでいる中から、幸いに英語のなかで息づくことができるようになったのだけを百二十三篇えらんで、そのもともとの手がき絵葉書すがたを二十七枚挟んで本にすることにした。

という経緯があって四行詩集は成立する。
その詩集冒頭の連詩では、

すじみち
地の
道に
木は
敏い

（木島始）

logos
trees
are keen
to earthen
ways

Reason
The tree
Responds
Sensitively to
Earthen coursen

（Arthur Binard）訳

とこのように、〈異国のことばのなかにまで生きのびようとしだした〉と説明のある「まえがき」を実践していたということになる。木島の原詩中〈木は／敏い〉の理解がためされるようなそれぞれの英訳である。英語を母語とするビナード訳は自然界の摂理を解釈したらしいことは、タイトル「ロゴス」にあらわれている。コトバによる表現が、とくに母語のちがいにより差異化され受容の問題（文化）があきらかになった例でもあろうか。あるいは、異言語の垣根をこえた詩人の想像力（世界観）のちがいだというべきなのであろうか。いずれにしても、双吟へ発展する下地となっていたことがうかがわれる。

しかし、日本語話者の自然と芸術には伝統との身ぢかなかかわりがあった。和歌の歌合《うたあわせ》がそれである。あらかじめ定められた歌題によって、和歌を詠む歌会がおこなわれていたからである。明治二十七年二月、五月、七月のこと、『明治歌集』（博文館）三巻が〈全国諸歌人の詠草を募集して〉あまれていた。編者の佐佐木信綱は幸綱の祖父で、弘綱が曽祖父にあたり、江戸いらいの家号「竹柏園」はいまにつづく。その「第三編」のなかの部立〈離別部〉には、歌題〈海外別〉がもうけてあり、

明日よりは海原遠くわかるとも心はかりはへたてさらなん　青木村子　東京
便よきみよと思へとわひしきは千里の外のわかれなりけり　富田春子　同

と、この二首はジャンル的には旧派短歌にぞくするが、開化期明治のとおく海外に離ればなれとなる女性の感傷がうたわれていた。時代のあらたな情理がそれぞれの事情からうまれ、その作歌の術は歌題をうたい分けていたわけだから双吟連詩の着想とむすびつくこと

であった。

＊

『根の展望——連作体四行詩　十三集』は、木島始が連詩とかかわってきた足どりを整理したものになっている。収録詩集の作品は、「木のうた」「鳥のうた」「香り立つとき」「石」「触刻」「卵のうた」「夢中私記」「幻視行」「先立った人々」「なんちゅうきぶんやなんや」「ひとびとといろいろうた」「滕る」「ほとんど死なない相棒たち」の十三集である。そのなかの「夢中私記」と「なんちゅうきぶんやなんや」とは、稿本『夢中私記』におさめられており、この件にかんしてはまたあとでふれたい。そして、「あとがき」による詩集のあらましは、一九九四年の『われたまご』出版のあと、

早くも五年たち、その間に詩友たちと四行連詩をつくって交流しあうといった、何ものにも代えがたい楽しみも生まれてきて、ずっとその連詩をつづけており、わたしの書いている四行詩自体を編むことが、まだまだ遠のいてしまいそうなのである。／このままでは散逸しかねないので、まずまとめやすい連作体の四行詩集を一冊にすることにした。

と、説明がある。四行詩集をまとめるまでのなりゆきの一端を、〈この本の群に発表の場を提供してもらった「朝日新聞」、「東京新聞」、「パロル」、「詩と思想」、「抒情文芸」の紙誌〉の発表機会がありその出典をしるしていた。

さて、そこで稿本『夢中私記』の話である。まず、構想については(二六六頁参照)。出版予定の『夢中私記』は、版型、表紙、部数二五〇、本文用紙「紙と色」とをきめていた。それらは企画(案)のメモ書きによれば、ヴィジュアル詩展第二回で作成したものを踏襲する予定(とある)。また、完成本の「判型」は天地一九・五センチ、小口一三・五センチで、ほぼ四六版サイズになるはずであった。そして、扉には表題を「夢中私記」と記し、副題は「四行詩三十三篇」とある。その扉頁の脇のスミに〈一部きりの私家版予定稿〉と、本人によるメモ書きが添えてある。いじょうが、詩集完成時の予定全体像である。ヴィジュアル詩展第二回の詩集とあるのは、上記「先立った人々」をさしている。

また、扉頁のウラには、目次「I　1〜15(*頁)」「II　16〜25(同)」「III　26〜33(同)」と、作品の割付は一頁一作品としノンブルとあわせて指定してある。予定の小タイトルの構想を、「I」は「ときどきの己れを点描せし画用紙、うち重なれるをつぎつぎ留める、『我鉒詩編』と呼ばんか」とある。つづけて「II」は、「きもちにぴったりしすぎるくらいなことばやし、なんぼはなれてもわすれられへんし、『京都べん十篇』としときまひょ」

と。そして、「Ⅲ」は「『たまゆら』八篇」とある。すべては、それぞれが鉛筆で書きとめられていた。

*

ところで、詩集『根の展望』に「夢中私記」と「なんちゅうきぶんやなんや」がおさめられていたことには、まえにふれた。上記構想Ⅰにあたる「夢中私記」には、〈連作体の四行詩〉の基本にかかわる異同がある。それは詩一篇をくわえ、物語の結構を整理しているることである。また、同Ⅱの「なんちゅうきぶんやなんや」は、稿本『夢中私記』とまったくおなじ作品十篇が収録されていた。ただ、あらたな副題の「おさえられへんふるさとことばうた」は、独吟連詩の主張をよりせんめいにする効果がうまれている。

問題は、『根の展望』には構想Ⅲの作品が掲載されていない点である。その表題「たまゆら」八篇は、主題性が明確である。しかも、詩集一冊をあむちょくせつの目的だったのではないのか、とぼくはかんがえている。表題名から、この世の〝しばらくの命〟といったような意味を連想したからだけではない。

稿本『夢中私記』は構想Ⅱをのぞき、仮綴本の台紙に印字と鉛筆手がきされたコピーの詩篇をはりつけ作成されていた。印字されている詩は、前にふれた紙誌からコピーしたものであったろう。いっぽうの手がきの詩のほうは、稿本作成時にあらたにくわえられたものとかんがえられる。それは、物語の筋を構成する必要性からかかれたはずである。

作品「たまゆら」は、たぶん死にのぞみ詩八篇を構成し集成したものであった。だからであろう、冒頭詩篇は〈こまらせっぱなしだった／からだのくつうことごとく／かんじすぎるほうだったのも／もうきえさるだけのことしかない〉と、暗示的である。木島始が宿痾で歿するのが、二〇〇四年の七十六歳である。詩集をあんだ九四年は、十年前のことになる。つぎの詩は、そのときの手書き原稿二篇のうちの一篇である。

しゃくちゃいえやもろもろ
しょぶんはじゆうにやっていい
なけなしのかねつまみぐいして
いきるたしになればいい

この詩篇は、まるで遺言の類だ。こうした作品が九九年の詩集『根の展望』に収録されなかったのは、かれが死なず生存していたからだろう。そう、ぼくはかんがえてみた。

木島の四行詩運動は絵葉書の添え書にはじまり、英詩との双吟をへて四行連詩『近づく湧泉』にいたる。その間、八〇年代の日本社会の変容は戦後詩の途絶をうみ九〇年にいいた

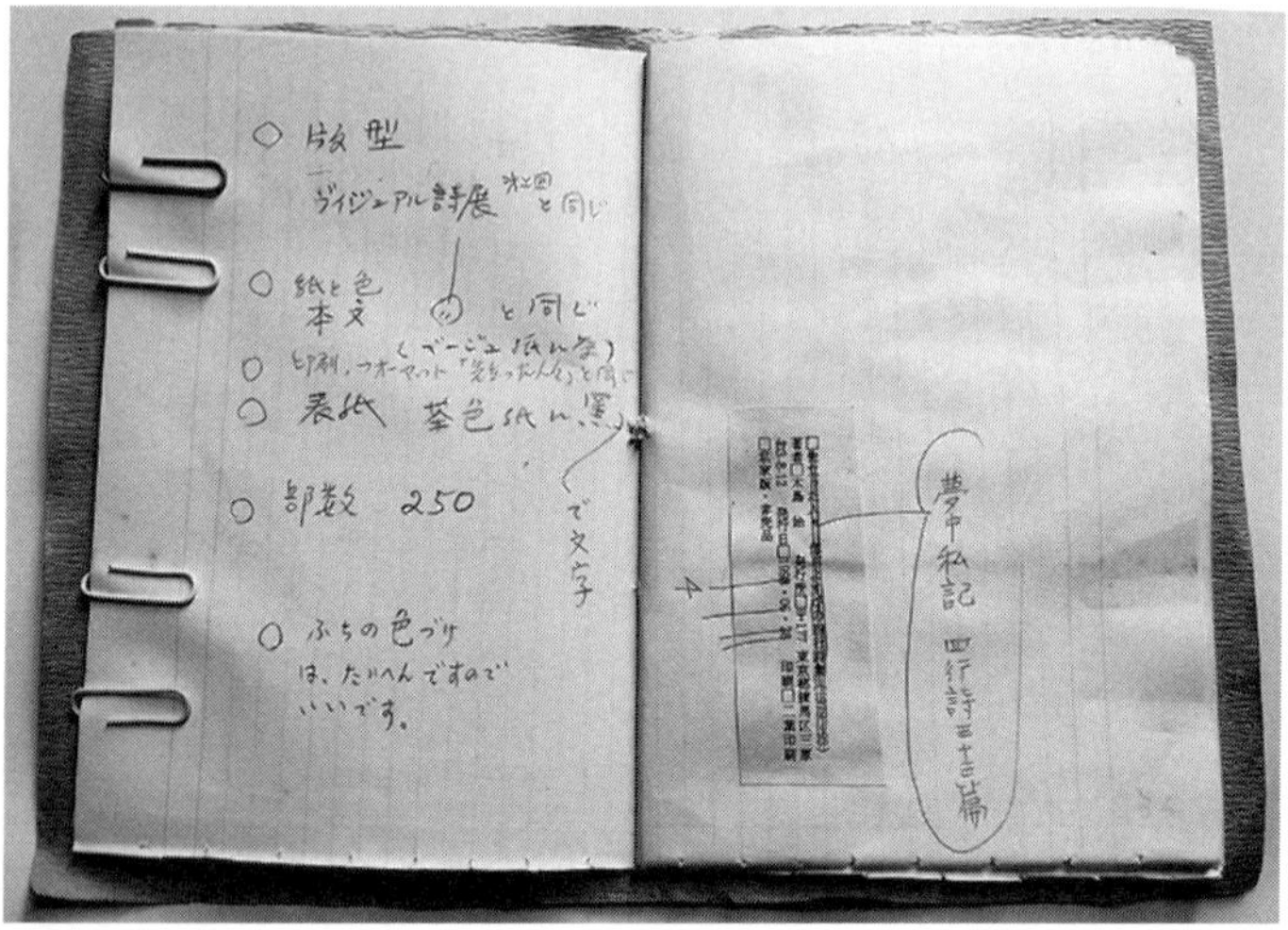

稿本『夢中私記』奥付、および企画（案）

り、かれは伝統詩歌の手法を手がかりに詩表現を拡張、連詩をあらたな完成形にみちびいた。四行連詩を巨視的にながめたときの、かれの詩運動にたいするぼくの見解である。

上の写真は、稿本『夢中私記』奥付の影印である。日付は、未定であった。

＊　本文中「木島始／主な詩集発表の歩み」は、『近づく湧泉　第二集』に依る。

参考文献

重友毅著　岩波全書『日本近世文學史』（一九五〇年）

伊藤信一という名の詩人——八〇年代、および九〇年代＋ゼロ年以降

出合い

ぼくが伊藤信一の詩で記憶にのこっているのは、「城のある街」がさいしょである。梶井基次郎にタイトルのにた作品があったのと、なにか影をひめたひそやかな感じが印象にのこった。その詩のさいごの一行〈俺に襲いかかった足軽はあいつだ〉とある「俺」は、タイム-トリップよろしく時をかける語り手だ。この人物が、構成のカギをにぎっている。とはおもいつつ、読後のそのときはただ心証をえただけのことだったが、しかし伊藤信一という名の詩人を記憶した最初であった。

この詩は二〇一四年の三月、詩雑誌『東国』掲載のものであった。その六年後、かれは第四詩集『七月』（土曜美術社出版販売）を出版した。ぼくは一読、ひさびさに「現代詩」集をよんだ、とかんじいった。このことがきっかけで、第一詩集『ヒキ肉料理のある午後』（紙

鳶社　一九九〇）と、つぎの詩集『豆腐の白い闇』（同　二〇〇五）をつづけてよむ機会をえた。そのことが、とくに第一詩集をよんだてごたえからこの稿をかかねば、との聳動をえたのである。この時期、ぼくはある思索にぼっとうしていた。

近況報告

そのとき、ぼくは二〇二〇年の暮に出版した『詩人の現在―モダンの横断』の校正のさなかであった。はじめは戦後詩を整理する予定が、しぜんと六〇年、七〇年、八〇年代の詩人と詩状況をとりあげ、一さつの本になっていったものである。そしてそのことには、かくたる理由があった。

おおきな物語としては、戦後詩の消滅が問題だった。そして、状況論としては、戦後民主主義の危機をかんじていたからである。このふたつの問題系は事の両面で、ちょくせつには二一世紀の問題であり、しかし九〇年代いぜんのある時点でおこっていた戦後詩意識の断絶と詩創作の問題だと、ぼくはかんがえていた。

六〇年七〇年代のぼくは、戦後の延長のなかでいきていた、といまでも確信している。八〇年代も、たぶんおなじであった。九〇年十月のバブルがはじけた後、日本経済低迷期はぐうぜんかどうか、身のまわりでおこる様相が経済状況だけでなくすべてが変容した。ぼくは、そのことをじょじょにだが意識するようにはなった。が、ただしかくたる理由をかんがえるわけではなく、当時、身のまわりで何かがいっぺんしている気配をかんじるばかりで、つよい問題意識をもつことはなかった。危機感をおぼえたのは、いわゆるゼロ年代の新世紀二一世紀になりしばらくがたってからであった。

事態がいっぺんしたのは、二〇一二年末に第二次安倍晋三政権が発足してからである。ところで、この稿は伊藤信一の新刊詩集『七月』でなく、第一詩集『ヒキ肉料理のある午後』をかんがえてみたいとおもったことが、まず事のはじまりである。安倍政権下では、平和憲法に反する特定秘密保護法、集団的自衛権行使をみとめる安保法制、共謀罪をふくむ改正組織犯罪処罰法を強行採決し、憲法改正を露骨にすすめようとした。その経緯をみて、あらためて九〇年代の正体をかんがえはじめたのである。

この改悪に警鐘をならしたのは、保守派の論客半藤一利であった。かれは小国民であった戦時体制下の体験をとおして、軍国主義時代の戦前昭和との類似性を告発していったのであった。だから、伊藤の九〇年にだした第一詩集を、ぼくが二〇二〇年によみながら安倍政権の愚行とともに九〇年代という時代を想起したのは、詩の力だとおもった。詩は時代精神をくみとる器である、とかんがえる次第だからである。

詩集　その1

表題「伊藤信一という名の詩人」は、かれの詩の構造にゆらいする。冒頭にあげた「城のある街」なら、こうである。まず、二聯目を。

不在の天守台から見下ろせば
盆地に広がる箱庭の市街地
閉じられた土地をとび出すことばかり考えて
旧制中学の窓からこの石垣を毎日にらみ続けていたのは
うっすらとした偽物の記憶

この聯は、一聯目の〈爬虫類のような落ち武者の手に／不意に足首をつかまれないように／城山の頂に続く小道を駆け上がる〉から、〈不在の天守台から（…略…）箱庭の市街地〉の二聯目につづいている。さらに、〈偽物の記憶〉とあるのは、語り手の記憶である。そして、最終の五聯には〈城下町の直角に曲がる小道は乾いている／あの日／物陰から突然に槍を突き出して／俺に襲いかかった足軽はあいつだ〉とあって、仮想人物〈落ち武者〉

をオチにつかい、物語をとじている。こうした時間構成は、伊藤信一という名の詩人がもちいる創作という技巧であった。

詩人のものらしき心象については、

名物もないがと
鮎一匹一見の客に出しておいて
亭主はさっきまでの激しい雨の話をしている
カウンターの先客は
無言でうなだれたまま
旅は所詮現実逃避だと
壁の品書きの最後に書き添えてある

と、ある。この詩は、〈旅は所詮現実逃避〉だとおもう旅行者になぞらえ、書記されていた。だから詩篇の要領は、手もなく落城した〈凡庸な城主〉におにあいの落魄の情をかさねた〈メランコリックな居酒屋〉での独語にあった。

物語構成は精緻だし、しかもかれのつくる詩の通奏低音である教養のいったんに裏打ちされている。こうした私情をこめた詩風を、タイムマシン仕掛にタイム-トリップしたような構成は、詩人の特技である。旅行者といっても、それは時間をタイム-スリップする人間、その旅人という非日常の心情にみたてていた。そこで、表題は「伊藤信一という名の詩人」であり、実在と非在とをおりまぜ構成した技巧にたいする命名である。またこうした人間心理を想起させるようにつくられた境地は、かれの詩に通底する主題であった。

詩集　その2

詩篇の「城のある街」は、二〇一六年にでた明文書房のえぽ叢書7『藤原定家のランニングシューズ』に収録されている。この詩集は第二詩集『豆腐の白い闇』につづく詩集で、詩集『七月』を予告するような境地をあつめたものであった。その『七月』中の、詩人の真骨頂である詩構成でつくられた「書きとめる朝」が、最後をかざっている。四聯からなる、かれにはひかくてきみじかめの詩篇第二聯は、これも詩人にとってのいつもの原風景が書記され、詩空間を構成する基底となる。つぎにあげる箇所は詩篇のなかでは、独立したその物語の「詩空間」となっている。

小川をのぞき込んだひょうしに

逆さに口を開けたランドセルの中身がすべり落ちる
浅い川底に沈む教科書の
表紙の文字はくっきりと読み取れた
今、地球の反対側を
記憶を失ったまま無言で吹いているらしい
あのランドセルで切った六年間分の風

ここでかたられた物語を成立させることになるのが、はじめの聯の〈壊れかけた夢／の輪郭を記録するための／今朝も書かれなかった枕元のノート〉とある詩句であり、そして最後の聯の、

僕は今朝の夢のために空けておいたノートのスペースに
思いついた遠い地名のいくつかをなぐり書きする
それぞれの土地で
書きとめるための朝がもうとっくに始まっている

とある詩句である。また集中、詩篇「少年」だとか「用水路」は、このてあいの作品であ

る。ということは、この詩篇では、独立した詩空間は〈それぞれの土地で／書きとめる〉こととなる物語のひとつになる、とそういうことになるのだろう。「城のある街」で挿入された「城」にまつわる物語も、おなじ仕儀であろう。ぼくはこの手法を、だから《詩人の特技》と形容してみたのである。

ところでこうしたタイムトリップの正体を、詩篇「硬貨」は、その仕組を最終聯で出現させてみせる。

歩いてきた道は引き返さないと
あの日確かに口にしたよな
四十年前の俺が
偉そうに話しかけてくる

この詩では〈四十年前の俺〉が話し手となって、登場人物〈自分〉にむかって〈話しかけてくる〉構成になっている。その〈自分〉はといえば、

昭和の看板朽ちていく食堂
小銭がレジの前でこぼれ落ちるが

後ろに並ぶジーンズの細い足、視野の隅にかかり
かえって拾うのに手間取る昼下がり

と、今し方のこともわすれてしまう年齢で、おちた小銭をひろうのにもてまどうような人物だ。語り手の〈俺〉と登場人物の〈自分〉の関係はわかりやすい、過去が時間のさけ目をとびこえタイムｰスリップする構造である。そしてただよっているのは、あの、旅で体験する非在感情であった。

詩集　その3

詩人伊藤信一の詩の世界がゼロ年代以降、二一世紀の詩をあらわしているものかどうかについては、ぼくには断定できない。というのか、いまはまだ判断する時間がたりない。ただ、詩集『七月』が混迷というのか迷路にまよいこんでしまった人物の心象風景、存在論的にいえば「非在」をうつしだした、そんな詩情を表象する物語の詩集であることはそれなりに納得してよんだ。

しかしまた、その作品世界の背景が、どういうものによるのかについてはまったく見当

がつかなかった。ぼくはヒトがいきている時代と芸術作品が無関係に成立するとはかんがえていないので、ぼく自身がかくものといえば上記「近況報告」にある世情の影響下にある。二一世紀の世界情勢の変動に不透明感をかんじ、二〇一二年に発足した安倍政権の危険な施策がうみだす政治状況には、ぼくははっきりとした危機をかんじている。だが、伊藤信一がつくりだす詩篇がただちにぼくとおなじ背景をもっているとは、もちろんおもったりはしない。

それでも時をへた、かつての第一詩集『ヒキ肉料理のある午後』を、ぼくは時代のうみだした産物であるとおもいながらよんだ。例によって、どこかでみたことのあるような表題——宮沢賢治だったか。〈四十年前の俺〉ならぬ、わかき日の伊藤信一のかきのこした詩集でなければならぬ、とそうぼくは理解し読了した。

巻頭をひらいたとたん、ふるき昭和のモダニズム詩がとびこんできた。

皮肉屋でヒキ肉買った。
腐っていたけど黙ってた。
（「皮肉屋」）

あのころ、そういえばこんな語呂合せ、流行ってたなあぁ。二行の短詩も。そして、詩集最後の詩は、こんなテンポ、情動の二行詩である。

バーボン片手に口笛吹いて
雨降る午後にパラソルさして

（「バーボン片手に口笛吹いて」）

そう、詩集をとじた途端、ちょっとだけ新風の最後っ屁の歌声がひびいてきた。この短詩は、SPレコードのザラつく雑音とともにひびいてきた。郷愁をさそう。

まだまだあるぞ。「天プラまでが空をとぶ」は、この手の詩を代表している。

ダンボウルのこわごわした肌ざわりの陰で
音を立てて百円玉の雨が降る
最近は天プラまでが空をとぶ
あなたは地底に住みたくありませんか
地上の空気が濃過ぎてね
最近は天プラまでが空をとぶ

この詩句なんかは、まさにシュルレアリスムの詩だ。機智は、若者の特権だ。才気ばしった種類の技巧はわかいときだけのシンタックス（表現空間）で、いずれ転機がおとずれるものである。そう、詩の歴史がおしえてくれる。

詩集　その4

機智をきかせた才気は、やはり転換する。伊藤信一みずからがいうように、第二詩集では〈詩も転居してゆく。〉（「あとがき」）と。転居をかさねた実生活にたとえて、詩についても、転位のあったことを伝えていた。こうして、詩集『七月』の詩人は、いつかはその詩集が誕生することを予告したことになる。その兆候はすでに第一詩集にあった、とぼくはかんがえてみた。

そのようにおもってみたのは、かれが換喩表現をもちいた詩をかいていたからである。理由はあとにまわし、まずは、その典型が詩篇「植物連鎖」である。

思いやりの傲慢さかげん
支配被支配被支配支配
チューインガムの自尊心
赤いインクの代償請求

（第四聯）

詩全体の展開を重視することより、ぼくはこの一連のシンタックスから《戦後のアメリカ帝国主義》を類推してしまったし、また第三聯のようなシンタックス、

暖めたり冷やしたり
疲れたふりをしたりして
年輪を折りたたんでいくのだ
狼のいない森
カミソリのない夜

からはコトバのもつ表層の意味でなく、表現空間にただよう《安堵感》をかんじてしまった。加齢は安息にみちびく、と。書記者による意図の当否の問題ということでなく、表現がもつ空所のひろがりに関心をもった、ということなのである。まあ、読者受容論ということである。現代詩が現代詩として存在する理由は、換喩表現によってうみだされあらたに更新されてゆくコトバによるイメージの喚起力がつくりだす「観念」のほうにある。そう、ぼくは確信している。詩篇「植物連鎖」は各聯がそれぞれ独立した形体をもつ連詩になっているので、なおさらそのような理解を可能にしているのである。

伊藤信一がモダニズムゆらいの詩をかきつづけるのでなく、詩表現を拡張させるには、「植物連鎖」でみせた詩表現しかなかったであろう。時代におうじ、また年齢のつみかさねにおうじ、表現領域の確保を可能にするからである。なにより、換喩表現はモダニズム詩のようにマンネリズムにおちいらないからである。

詩集 その5

ここでは、年代記というのか、世代論とでもいった話題もあわせてすすめてみる。
一九六〇年うまれの伊藤信一が第一詩集をだしたのは、三十歳のときであった。だから収録された作品は、二十代のときの詩篇だったことになる。かれの二十代が八〇年代だったのは偶然ではあったが、詩集『ヒキ肉料理のある午後』にはその八〇年代の空気がつまっている。わかいときの、最初の詩集ということだけが理由ではなかった。詩集がいくつもの技法で成立し、さまざまな感情をみせているのは時代のせいであった、とぼくはかんがえている。

興奮したおももちで

僕の口は波うった
写真の風景が電波の働きに乱され
辞書を抱えた猫がエレベーターに乗る
猫は政治が腐敗していることを嘆き
ＦＭラジオを隠してしまった
壺の底に干からびた猫の死骸
写真の風景を飲み込んで
僕の口は波うった
（「ダダ写真館」）

若者のはげしい「怒り」がなににによるのかは、不確かである。でも、理由は腐敗した政治にあるのだろうか。それとも、〈写真の風景〉にうつしだされ、〈猫の死骸〉に換喩、表象される不条理にあるのだろうか。そのいっぽうでは、散文詩「川を渡って」には、〈人は明日を感じることはあっても／未来に憧れるようなだらしない真似はしない。平行四辺形の若さを確実に拒否／しつづけてくれる。〉とあるので、「怒り」あるいは〈平行四辺形〉という若者の一本通行ばかりに目をうばわれてはいなかったことになる。

では、詩集『七月』のなかには、

彼女も彼も僕の前から姿を消し
すっかり色あせたライ麦畑と舞踏会があるばかり
水色の表紙をつけた手書きの同人誌に載っていた
やさしいと人がいう幾何問題がまだとけない

（「五月」）

と、積年かんたんな〈幾何問題がまだとけない〉登場人物がいた。詩中の〈彼女も彼も〉とあるのは、とりあえずはサリンジャーとラディゲの小説に登場する人物をさしているのであるが、例のごとく〈色あせた〉青春時代をあらわすぐらいの題材である。ようは、いつものとおりの詩篇作成のネタ作りであり、現在のにがい境地とむすびつく設定になっている。いまは六十歳になろうとする詩人の、ひとりごちの詩である。欧米では、三十年をワン・ゼネレーションとよんでいる。その伝でいうと、かれは二つの時間帯をいきてきて、傾向のことなる二さつの詩集を出版していたことになる。

詩集　その6

もう一つの年代記「ディケイド（十年間）」の数えかたでなら、こうである。そういえば、日本の格言では「十年」をひと昔といった。七〇年代後半は、あたらしい時代がはじまっていた。その延長で戦後経済成長がおわる八〇年代を、若者はうわついた気分をたのしんでいた。浅田彰はその若者群を原義がノマド＝不定住の遊牧民からスキゾ・キッズと名づけ、勝手きままな子供をイメージしかれらを形容した。ちょうど、詩集『ヒキ肉料理のある午後』が出版される時期のことであった。伊藤信一の才気は、この時代の空気と無関係ではあるまい。ぼくは九〇年に出版されたかれの第一詩集をよんでゆく過程で、詩作品の成立過程がもつ時代形成のいったんに、あるいは詩人が詩作している現場にたちあったおもいがしたものである。

　そして詩集『七月』を、最初の詩集から三十年たった六十歳のときに出版した。これは、またこれで偶然にすぎない。しかし、かれがかかわってきた今日の時代状況は、第一詩集をだしたときとは別世界である。ゼロ年代の不透明感については、すでにふれた。そのことと関連する二〇一六年発行の雑誌『ゲンロン4』に掲載された共同討議「平成批評の諸問題」には、きょうみぶかい話題が討議されていた。かんたんにいうと、東浩紀ら議論にくわわったメンバーは、平成十六年間の傾向から「理論」の衰退をみてとっており、かれらの年代では八〇年代以前のようには倫理観をともなう「思想」に関心をもっていないことを発信していたのである。

　かんがえてみれば、平成は八九年一月に改元されており、かれらは九〇年代を元号「平成」によみかえているのである。その例こそが、表題「平成批評の諸問題」である。九〇年代とはいわず、「理論」と「思想」の「諸問題」が平成という時代では、ゲンロン討議者の意識がひろく一般にひろがっていたということなのであろうか。ぼくには理解できないことだが、平成とはそんな時代だったということなのだろうか。ということは、かつての七〇年代だとか八〇年代といったようなくくり方は、現在は無効になったということになるのであろうか。

伊藤信一が直近のゼネレーションと関連する、もうひとつの待鳥聡史の言説がある。九〇年代以降の政治改革を、かれがいう明治欽定憲法体制と、戦後平和憲法体制につづく〈第三の憲法体制〉だという結論をかけあしで紹介してみたい。かれのいうところは、こうである。――〈政治権力を作り出し、運用する諸ルール（統治ルール）の総称が実質的意味での憲法である〉といった政治学の見解――憲法附属重要法改正は、安倍政権の反民主的な政治が存在しうる理由を説明するロジックである。そうすると、詩人が体験してきたゼロ年代の九〇年から二一世紀は第三の憲法体制下であった、ということになる。ゲンロン討議者の意識がおなじ根にゆらいしているのなら、ぼくにはかれらの世代をとうてい容認できない。

ぼくが上記、待鳥の新潮選書『政治改革再考』をよんだのは二〇年の五月のことで、詩集『七月』は八月のことであった。そのころ、九〇年代という時代をかんがえていたぼくには、この詩集を受容するさい気になる著作であった。詩集『七月』に登場する人物の心象を「非在感情」と形容したのは、二一世紀の不透明な世界情勢だとか危険水域にある日本の政治情勢と対置するぼくのみずからの感情をみてとったからである。しかし、詩人はおのずからなる作品世界を書きとめたのであろうから、ぼくとは別途、詩中の人物像をえがいてみたことである。

詩集 その追伸

と、ここまで書記し、本稿を擱筆した。
そのあと、詩集の「あとがき」をひらいてみたら、つぎの文章が目にとまった。

記憶のもとに書き始めた詩篇が、何だかわからないものに変わっていく。夢を見ていたかのような時間。「意識の流れ」がそうさせるのか。憑依でもしているのか、見栄なのか羞恥なのか。

やはり、詩人はおのずからの創作世界をおのずの技法でとらえたことであった。また、詩集収録の詩篇が、〈東日本大震災と感染症禍の間に書〉いたものであることを記載している。「平成」という時代を書記していたのか、とぼくは得心したことであった。この「得心」とは。ディレッタントとみまごう趣味のもちぬしにちがいない、伊藤信一という名の詩人。ぼくが、その送り手によってつくられた集中の人物に高踏的な現実逃避をおぼえなかった、理由になるのであろう。つまり、時代考察を提示するゼロ年代——平成十年代の登場人物（「作品内—主体」）であった、ということだ。

かつて明治の末年から大正にかけて、自然主義文学運動がゆきづまりまた大逆事件に名をかりた社会主義運動弾圧がおこなわれた時代を、石川啄木は「時代閉塞の現状」で批判している。そんな時代精神のゆきづまりのなかで、耽美主義文学がおこる。その運動をになった木下杢太郎や北原白秋らのディレッタントの「パンの会」は、今日、ふりかえってみれば高踏的で現実逃避の文学運動であった。そんな時代の話題を、ぼくはおもいだしながら「追伸」のかたちで、いじょうのことを追記することとした。

松尾真由美の詩集──エクリチュールのあらたな展開

プロローグ──河津聖恵詩集とソシュール構造言語学

二〇〇三年度のH氏賞詩集『アリア、この夜の裸体のために』をひらいて、おどろいたというのか、ぼくはとまどった。河津聖恵詩集の表題とおなじタイトルの詩。

光っているものがある。
駅から駅へ速度に消される名　の表示板の
白いシニフィアンからシニフィアンまでの夜の間隙
(また静かな渦を巻いて、駅名は液体となる
出会い、過ぎ去る、たがいの渦のまま)
(……略……)

かたむく窓の空欄、シニフィエの蟻のように誘い、はなつもの
夢、という意味だろうか
幻想、だろうか
あるいはひたすらわたし？　意味のないわたしたち？
やがて水銀いろにヴァイオレットの翳りをおびてゆくもの

リングウィスティックス（言語学）むきだしの術語「シニフィアン」・「シニフィエ」が、〈シニフィアン＝記号を表すもの。文字や発音〉、〈シニフィエ＝記号によって表されるもの。内容〉と、文末に註記され詩篇のなかでもちいられている。ぼくがとまどったのは註記するほど一般化していない、なんかいとおもわれる学術用語が詩のコトバとして言語使用されていたからである。

しかし、テーマはポエジー、否、歌謡曲風のエレジーである。「あとがき」冒頭には、こうある――〈車窓に流れる夜の光は、なぜわたしたちを惹きつけるのだろう。〉と。そして、

窓の空欄の光は孤独をたたえているようにも、幸福や希望に明るんでいるようにもみえる。（…略…）そのように車窓に流れる夜の光に惹きつけられるわたしたちとは、ど

のような存在なのだろう――誰にともないそのような問いかけが、この詩集を恐らく点綴している。

といった一節がある。また、こうもある――〈光というモチーフにかかわる作品をえらんでいる〉詩集だそうである。そんな詩集の一篇の詩のなかに、記号をかたちづくっている「シニフィアン」と「シニフィエ」というふたつの側面をあらわすコトバが言語使用されていた。本稿ではこのシニフィアンとシニフィエをキーワードとしてもちい、その関係性を説明のなかでたようすることになる。

記号構造を言語化した「詩」。そのひとつは、〈記号を表すもの〉――〈駅から駅へ速度に消される名〉〈の掲示板〉、という〈渦のまま〉〈駅名は液体となる〉、それがシニフィアン（文字や発音）。もうひとつが、〈記号によって表されるもの〉――〈蟻のように誘い、はなつもの〉、という〈夢〉〈幻想〉〈あるいはひたすらわたし？〉〈意味のないわたしたち？〉、それがシニフィエ（内容〔意味内容〕）である。つまりは、こういうこと――ソシュールのいう記号（signe）＝シニフィアン＋シニフィエだ。

そして、〈窓の空欄の光〉の結句は、〈夜の偶然な光たちは／叙情的な旋律の、その必然の進行のなかで、星座のように整列してゆく〉とある。言語学の記号論を詩篇のなかで構造化し表現をしたうえで、詩のモチーフ〈アリア、この夜の裸体のために〉をえがく。それは、ぼくがおもうに。歌謡曲の領域とおもわれている「夜汽車」のエレジーとはべつのポエジーをたちあげるために、と。

松尾真由美の第一詩集『燭花』

この節では一九九九年にでた松尾真由美の詩集『燭花』をとりあげ、本稿のモチーフである詩の言語使用について、上記でいったとおり言語記号論を援用し、検討をすることになる。実は、九〇年代になって詩表現のあらたな局面がうまれた、とぼくはかんがえている。その説明のためでもある。

高階杞一が九〇年にH氏賞をとった詩集『キリンの洗濯』（あざみ書房）の詩篇のなかに、こんな一節が、

てめえら甘ったれるんじゃねえ
と壁に
わたしを並ばせ
頬の晴れ上がるまで片っ端から殴る

（「明日は天気」）

と、ある。最後の〈頬の晴れ上がるまで片っ端から殴る〉は、一読のあと、〈頬の晴れ上がる〉は〈頬の腫れ上がる〉の誤植かとおもったのだが、そうではないらしい。というのは、詩集ぜんたいがこの手のめちゃくちゃな言語使用——あやまれる語法、あるいは表記（エクリチュール）がでてくるからである。

かれの詩集が出版された九〇年といえば、すでにワープロがふきゅうし、その前年にはパソコンによるインターネットの時代がはじまっていた。一字一音の平仮名（シニフィアン）を〝は・れ・あ・が・る〟と入力し変換すると、機器では「晴れ上がる」（シニフィエ）とも表示されるので、あえて「腫れ上がる」（シニフィエ）ではなく、手がき（エクリチュール）ではしないような詩篇「明日は天気」のかたちのようなコトバあそびが可能になる。高階のばあいがどうであったかはわからないが、機器によって、おもわぬ言語遊戯がふつうにできてしまうということである。つまりシンタックス——意味をかんがえずに記号をくみあわせた統語（文）がうまれてくるのである。

そうかんがえると、「エクリチュール」ヒトの手で意味をかんがえながらかかれるものでない、機器の誕生によって書記領域がかくちょうする時代には、前記、河津聖恵の詩だけがとくべつな存在ではなくなる。ソシュールの構造主義言語学による術語を、音（シニフィアン）／文字（シニフィエ）にあてはめ、光景をえがきわけ表現した言語使用も、詩表現として奇異なものとはいえないのである。たぶんだ、二一世紀のシンタックス、手がきの時代ではよそうもつかなかったような、エクリチュールの時代がとうらいしていたのであろう。

そんなおりのこと、九九年九月発行の『現代詩手帖』の特集「九〇年代の詩人たち」中の企画、討議「詩はどこへゆくのか——詩的九〇年代の基層」をよみ、かんがえさせられる発言があった。「『現在』と対峙する社会性」という題のなかでの川端隆之の言説である。それは当時、ぼくが常ひごろかんがえていたものであった。かれには〈社会性〉というコトバの対象を理解するうえでの原型があって、〈終戦後まもなく、いわゆる社会詩というのがよく書かれましたけど、あれは非常に荒っぽい図式で定義すると、戦争を起こした国家対個人といった詩だと思うんです。で、今は別種の社会詩が成立しうると思うのですね。〉ということである。

この〈今は別種の社会詩が成立しうる〉という九〇年代の文脈を、かれはこのように整理した。

九〇年代の詩は社会性がないと非難されますけれど、社会性の見えづらい詩にも社会性は含まれているんですよ、「現在」との戦いという意味での社会性が。たとえば、高度だけどしょせんは言語詩でしょと、世間的には却下されてしまいそうな松尾真由美さんの詩集『燭花』（思潮社）にも、アメリカ主義にも抗う社会性、あるいは生活性がひそやかに流れているね。

と。八〇年代に途絶した戦後詩いこうの、あらたなエクリチュール時代にあっても〈社会性〉は存在するという骨子である。また、〈アメリカ主義〉とあるのは、その主義をわかりやすい売れる詩という批判をこめもちいており、やはり松尾の詩篇が対置しているものであったろう。そのかの女の〈社会性の見えづらい〉〈高度だけどしょせんは言語詩〉とおもわれている詩には〈「現在」との戦いという意味での社会性〉があり、そして〈生活性がひそやかに流れている〉という理解を、川端はしていた。

それでは松尾の詩集『燭花』から、つぎの詩「はるかな痕跡は綻びの記憶をたばねあわい祈りにたゆたう」のうち、三聯のさいしょの聯をひいてみる。

そうしてねじれた浸食に美しい静寂はさえぎられ　零れていく
像のさざめきに聴覚はきしみ　くぐもる声がひややかな覚醒を
よびこむ　雪がとけはじめた真昼　完結しない物語をぬけだし
空白を埋めるためにあやしい夢をつづり　つづられる語と語の
あいだの息苦しい差異　私には私の諸状態の瞬間と語との一致

が欠けているのだ　穿たれる間隙　沈黙のなかの隠された刻印
は変遷の脈略をつたえ　ゆらぐ方位につらなり　放棄するであ
ろう言葉の響きにふるえる指先の　たしかな律動　すがすがし
い跳躍を非連続的なものとみなす翼の錯誤は　つねに倒立のあ
ざやかな反復をかかえている

この箇所からだけでも、詩集ぜんたいの特色がみてとれる。もちろん、散文詩である。そして、行数にかんけいなく、一ページ、一聯のみを組みつぎの聯は次ページにうつる。そして、冒頭〈そうしてねじれた浸食に（略）覚醒をよびこむ〉までは、詩篇の、いわば問題提起のような物語「ナラティブ」のはじまりである。さらに、収録十五篇の詩のうち十篇には引用符〔*〕、この詩ならフランスの詩人・小説家アントナン・アルトーの〈私には私の諸状態の瞬間と語との一致が欠けているのだ〉と、『神経の秤』のなかの句が挿入されている。この一節は、詩中の前後〈つづられる語と語のあいだの息苦しい差異〉と〈穿たれる間隙　沈黙のなかの隠された刻印〉を統辞し、意味内容がかんれんづけられて引用されている。おなじように、詩中には関口涼子の『水の精・表／裏』からもひかれている。ほかの詩篇でも同様で、やはり複数のこともある。

さらに、ながい表題についても――このことも共通しており、それだけではなく〈綻びの記憶〉である〈はるかな痕跡〉を「エクリチュール」書記する、あるいは詩篇の筋書を提示するものであったこともすべての表題に共通している。そして、肝腎なのが、そのエクリチュールである。たしかに川端がいうように、かの女の詩は世にいういわゆる言語派の詩ではない。

ぼくがかんがえる言語派の詩はいわば芸術派の詩で、そのエクリチュールはメタファの書法で成立している。「メタファ」隠喩（暗喩）法は、言語をイメージに喚起させる「シニフィエ」手法のこと（中村雄二郎のいう連合関係）である。だが松尾の手法は、「メトニミー」喚喩法（同、統合関係）をもちい書記している。かんたんにいえば、散文（写実小説など）をかくときの書法（同、話線に沿っての語と語との関係）であり、シニフィアン（記号）は「意味」の連鎖（統合関係）によるシニフィエ（内容）によりなりたっている。上記の、引用詩のおわり、〈指先の　たしかな律動　すがすがしい跳躍を非連続的なものとみなす翼の錯誤は　つねに倒立のあざやかな反復をかかえている〉とある——たぶん、このように引用表記できる——箇所（統合関係）は、イメージを喚起させるような隠喩法ではない。と、そのようにイメージを喚起させ連想する（連合関係の）ようには、読者はこの詩をよんでいないであろう。ところで、詩集のタイトル「燭花」は「灯火《ともしび》」のことであり、詩集の「ナラティブ」物語性からすると、〝ともしびのほのお〟といった意味あいになるのであろう。上記、引用した詩は、十五篇中の冒頭から三篇めの詩篇なので詩集の序章にあたる。その終聯は、たゆたう言葉の淫蕩な渦にからまり　私の背後は無形の意味に覆われる　侵犯であったもの　いわばあつい痕跡をもとめゆがんでゆく記述、（…略…）すでに分割された私の影とまじわり　どこまでも変容するあらたな虚構を組たて　任意の抹消にともなう脱皮とともに　うごめく記憶はすべて柩の底へとながれる

とある。

そこで、表題の「ナラティブ」物語性をかんがえてみよう。その表題中の〈綻びの記憶はたばねられ〉は——詩中〈変容するあらたな虚構を組たて〉、そのあとの〈記憶はすべて柩の底へとながれる〉は、——表題中〈あわい祈りにたゆたう〉てゆくと、詩篇との対応関係は、そういうことであろうか。つまり、表題は詩篇「物語」の素描になっているのである。

それでは、表題中〈はるかな痕跡〉、あるいは〈たゆたう〉「記憶」とはなんだったのか。二聯のなかには、こうある。

あなたの眼裏にたたずみ私の肌をささやき　したたかな表層からせつない深奥へと
〔関口涼子―引用符〕　つかむ足頸　そのあえぎ　あなたのしなやかな沸騰をもとめあるい

はずれていく湿性の解放にとらわれ　発熱がにじむ切断をかかげ　あやうい仮象を
共有するひそやかな悦楽にしずむ

と。だから「記憶」とは「あなた／私」の「ナラティブ」恋愛物語のことであり、性愛描写がこの詩篇のエクリチュールのモチーフだった。また、そのことこそが、「燭花」と名辞された〝ともしびのほのお〟のことであり、〈たゆたう〉記憶であったのだろう。そう、ぼくはおもえてならない。しかし、この言語記号論によった方法は、松尾の評論文「私的詩論——回流・転換・消えゆくものへ」の評伝部分の存在が、おもいがけぬいがいな展開をうむことになるのだが、いまは、なおつづけて言語記号論から詩篇の分析をこころみることにしたい（とおもう）。

そこで、詩集の最終篇「しなやかな切開は夢想の方角へかたむく戯れとなる」の、さいごの一節をみてみよう。れいによって、表題がもつかの女による方程式では、〈しなやかな切開は〉〈戯れとなる〉ということか。ではなにを〈切開〉し、〈戯れとなる〉とはどういうことなのだろうか。

あなたの夢をむさぼる私の痕跡だけが輝き狭隘な覚醒などのぞみはしない　あるい
は抱擁のなかであなたの腐乱に感染し　畏怖の綻びからさぐりだす浮遊の悦び　喉

頸の戦慄をしずめる充血の融合は　したたかな逸脱であり果てしない惑いであって　ふくらむ夢想が互いの摩滅を育んで　こうして過程の上でくずれる鏡像となる

ナラティブ――〈私の痕跡〉記憶のなかの性愛物語。〈狭隘な覚醒などのぞみは〉しない。〈さぐりだす浮遊の悦び〉は、〈逸脱であり〉〈惑いであって〉、〈ふくらむ夢想〉は〈くずれる鏡像となる〉。――かの女のディスクール「詩表現」は、かくして幕をとじることとなる。そして、松尾真由美は言語遊戯みたような、そんなエクリチュールの冒険時代に、詩集『燭花』一冊をたずさえくわわることになるのであった。

松尾真由美の第二詩集『密約――オブリガート』

この節では二〇〇一年に出版された松尾真由美の詩集『密約――オブリガート』をとりあげる。第一詩集は散文詩であったが、この詩集はすべて行分け詩である。

いつか
来たことのある

緩やかな坂をくだり
真昼の耳鳴りを
ひろいあつめ
ぎこちなく
あふれる
巣の夜を聴く

（「追記　晴れやかな不在に」）

詩集『密約』冒頭の詩篇、そのはじめの一節である。タイトルの〈追記〉とあるのは『燭花』の捕捉なのかどうか、あるいは集中さいごの詩「しなやかな切開は夢想の方角へかたむく戯れとなる」のつづきを意味しているのかは、わからない。ただし、かの女の評論をよむと、この詩句にも故郷の海辺美深町の情景がかたられていることになるらしいのだが、言語芸術として詩とむきあうときの作法ではない（と、ぼくはかんがえている）。

また、詩集の構図は、物語「私／あなた」の性愛を軸にしていることはかわらない。ただし、『密約』と『燭花』は、表裏の関係にあること。そして、『密約』は『燭花』の裏であった「記憶」がひっくりかえり、記憶のなかの恋愛物語は表にでんぐりかえり、背景となってうつせみである性愛物語のその「欲情」そのものをよりいっそうえぐりだし、

どこまでも潜んでいく欲動を湛え
うつくしい情景を捏造する私の指先を
やがてあなたは咬む

（「追記　晴れやかな不在に」）

だとか、さらには、

私はみだりに軀をひらきやさしい応答を待っている
砂塵にまみれた無意味な生物となり聴覚を研ぎすまし
ここではあつい包容の余韻を楽しむことができる

（同）

とこんなふうに、あけっぴろげに「織物」テクストを紡ぎだしていた。
しかし、そこには小説とはまったくことなる詩表現（文体）が仕組まれている。おなじ性愛をテーマした村山由佳の小説からひいてみる、と。

耳たぶの裏側に唇を這わせた。再び喉が笛のように鳴り、顎先が跳ね上がる。その隙をついて手を差し入れると、初めて麻子の口からあえかな声がもれた。小さいが、はっきりと欲望に濡れた声だった。

（文藝春秋刊『花酔ひ』）

村山の『花酔ひ』は、二〇一〇年から一一年にかけ連載された作品である。ここで注目してほしいのは、意味のうけとめかたである。松尾の書記は、喚喩法で成立していた。村山の写実小説も、おなじ手法である。小説の光景にくらべ、詩中の〈うつくしい情景を捏造する〉だとか〈砂塵にまみれた無意味な生物〉といった表現は、読解をこころみる読み手の解析度は不透明なのではないか。というのか、〈欲望〉――欲情の周縁を、読者は意味づけようとするのにちがいない。それは詩という様式の特徴的な書記法というのではなく、松尾真由美という詩人の書法である。そのことを、詩篇「追記　晴れやかな不在に」はうらづけていた。

ではもう一篇。「詩人の書法」をほしいままみせつけ、さらには「欲情の周縁」――〈あなたのかすかな疾病を肥大させ／なまなましい円環をかたちどり／退行へとむかう愉悦を／誰も止めることはできない〉――この一節は、実はつぎに引用する詩篇の結末にあたるのだが、その「周縁」をえがいた集中いちれんの詩篇を、『密約』からとりあげてみたい。

気まぐれな
煽情にふるえ

あつい陽射しに
おぼろげな偽装をぬぐ
降りそぐ光の微熱に惹かれ
あなたの指先がもつ湿度にふれ
慰撫のまなざしをおびたやさしい接近を想い
投げだす四肢は裏づけのない腕にだかれる
たしかにゆるやかな戦慄が官能をささえ
要約のたびに失語は足裏からひろがりはじめ
摩滅の気配にくるまり硬直する私の地平において
うすい静脈と静脈をあわせるほどうつくしい凌辱の水はながれ
たとえれば睡りを倍加し密閉された容器にあふれる表象の
無化へおもむくゆたかな切断を受けいれて
つねに休息と欲求の狭間にとどまる

（「いっそう睡りの薄片を」）

上記この一連は百行をこえる詩篇のうちの十五行をひいたにすぎないのだが、その書記と内容とは詩の構図全編とかわらない「私／あなた」の物語の一部とかんがえてさし支えない（と、ぼくはおもう）。また書記法も、まえに既述しておいたとおり行分け詩でも散文詩でもかわらないことが理解できよう。

だから、たとえば〈睡りを倍加し密閉された容器〉〈にあふれる表象〉だとか〈無化へおもむくゆたかな切断〉〈を受けいれて〉とある記号内容はといえば。それは「欲情」の話線にそい関係と関係が――〈うすい静脈と静脈をあわせるほどうつくしい凌辱の水はながれ〉〈摩滅の気配にくるまり硬直する私の地平において〉と架構され、〈休息と欲求の狭間にとどまる〉「私」を説明しようとした記号表現であり、やはり松尾真由美の、詩人にとくゆうの話型である（ということであった）。その結構は、まえにあげた〈なまなましい円環をかたちどり／退行へとむかう愉悦を／誰も止めることはできない〉と、主張されていたことである。

エピローグ――詩集『燭花』および『密約』の受容とその評価

川端隆之による『現代詩手帖』の討議をきっかけに、松尾真由美の詩を検討してきた。そこでつぎに、田野倉康一と小島きみ子の評論ではなにがかたられ、どのような評価がなされたのかをみてゆく。川端の〈「現在」との戦いという意味での社会性〉だとか、〈生活性がひそやかに流れている〉という観測気球にたいして、九〇年代に転換をはじめた詩表現のなかで「松尾真由美」という詩人を位置づけておきたいとおもう。

二〇〇二年度のH氏賞詩集『密約――オブリガート』には、さしこみ栞に田野倉による「新たな『物語』の方へ」と題した解説がある。二編の詩集のちがいを、かれは〈「世界／言語」の無限性を提示していた散文詩に対して、今回、行分け詩型を採用したことによって詩行は、常に「世界」の際限性の桎梏と向き合うことになる。〉と、みてとっている。そう、〈「世界／言語」の無限性〉だとか〈「世界」の際限性〉とかが、〈提示していた〉〈桎梏と向き合う〉詩表現が問題になる。

そこで、本論で話題の中心としとりあげてきた「私」と「あなた」の関係にいいかえてみると、『燭花』中の〈あなた〉を、田野倉は詩の「世界」を構成するときの〈仮象の人にすぎず〉、結果〈詩篇全体を浸すエロチックな雰囲気は従ってむしろ言葉のエロチシズムとでも呼ぶべきもの〉とかんがえている。だから、それは〈言葉の自律的な〉〈モノの語り〉といった解釈になる。しかし、『密約』中の〈私〉と〈あなた〉は、〈情事の叙述などではありえない。〉、〈はっきりと肉体を持って立ち上がってくる言葉の手ざわりが予感される。〉とかんがえている。そのうえで田野倉も、松尾真由美という詩人の言語使用については注目しており、かれは〈言葉が現実をも支配し、時には現実に対し物語的な力をも行使するそのダイナミズム自体をこそ呈示しようとしている〉といい、また血肉をこえて自律運動をするコトバがうみだす〈新たな「物語」のリアルを構築してゆく〉ことを、詩集『密約』の結論としていた。

ところで、田野倉には上記批評とはべつに、思潮社の現代詩人文庫『松尾真由美詩集』に収録の評論「かけがえのない『母』が方法を贈る」がある。ふたつの批評のちがいは、後者が松尾の自作解説「私的詩論――回流・転換・消えゆくもの」をよんだうえでかかれていたことである。その結果からだろうか、上記まえの文章からある展開がうまれてくる。かれは、『密約』中の詩「追記　晴れやかな不在に」をふまえ、〈素直に読めば「あなた」は「男」だ。〉とかきしるし、しかし〈主題自体はあきらかだ〉と、〈ヘテロセクシャルな「性愛」を「母」によって次々とかわしながら（…略…）奇妙なエロチシズムをたたえる「母」と「娘」の物語が立ちあがってくる〉と再構成してみせ、よみかえている。

では、松尾の自作解説は、本稿でもまた田野倉のとりあげた詩篇を、こう――

作品に出てくる〝あなた〟は母である（といえる）。私の事情を知れば、どうしてこういう表現がでてきたのかが読者の方も解るだろう。でも発表時、ほとんどの読者がこの〝あなた〟を男性だと受け取ったのではないかと思う。そういうことを私は予想がついたが、構わなかった。詩は事実を伝達するものではなく、読者に気持ちを解ってもらおうとする意図などなかったし、作品としての詩の昇華は別の問題である。

（「私的詩論――回流・転換・消えゆくもの」）

と、説明していた。文章のぜんごの変化（差異）は、きみょうでありふしぎだ。詩は評伝ではないので、〈私の事情〉をしろうとして「読む」ものではなく、またべつに〈私の詩の言葉からは現実的な後景はみえない。〉ともいっているのは、詩表現ではかの女の言語使用だけがとくべつなわけでもない。だからだろうか、ぼくがこだわった表題の〈追記〉の文脈もその意味内容も、結句わからないままである。

田野倉の論にもどす。かれは、松尾の〈私の事情〉――《作者と「つめたい北の海での溺死」した詩人の母親》――を喫緊の課題にしたのである。上記〈「母」と「娘」の物語〉の見解はべつの詩をふまえてのことであるので、とりあえずは詩人の自作解説「私的詩論」だけからうまれた所論ではない。しかし、〈松尾真由美の全詩業の上に鳴っている〉「母」が、〈表現上現実の「母」を詩から遠ざけようとも際限のない解釈の運動という「意味」を呼び込むための方法〉であることをみとめていることになる。前作の結論であった〈新たな「物語」のリアルを構築してゆく〉とあった〈リアル〉の再仮構にヒトの血肉をくわえていることを、否定はできまい。かくして、人間を排した言語記号の統語関係に人間の息吹をくわえ、さらには、後述の「自由」論を展開することになったのであろう（と、ぼくは深よみした）。

さいごに詩表現と、ぼくがかんがえている詩人松尾真由美の言語使用にかんれんしているとおもえるので、小島きみ子の言説をかきくわえ本稿をとじたい。そこで、田野倉とおなじ現代詩文庫の「作品論・詩人論」に収録されている評論「松尾真由美というマテリアル」をとりあげておきたい。
小島が対象にしたのは、第一詩集から第三詩集の『揺籃期——メッサ・ヴォーチェ』までの三冊の詩集である。その作品のもつ意味をしめしたうえで、かの女はさらに、

松尾真由美の詩は、美の領域に存在するエロスのエチカであって、それによって読者は、すでにそこに現象している松尾真由美という物質を受け取るのだ。（…略…）二十一世紀の女性の身体の表層に現出したマテリアルな、女性という性の偽装の表象そのものの、の、アダムが愛したエヴァではなく、アダムを捨てた、人工のリリスのマテリアルなのだ。

と、結論づけていた。こうした見解には、「歴史」にたいする洞察——〈内と外を分かつ「hymen（註、婚姻）」の内と外を「一つ」として完成させた〉——がある。その説明によれば、「婚姻」とは〈ロゴスという精神〉、つまり〈キリスト教ゲルマン語圏〉の〈男性の精神〉が制度化された歴史的な観念にすぎない。だから、この社会的な「制度」を、松尾の詩は〈女性という性の偽装の表層そのもの〉を〈美の領域に存在するエロスのエチカ〉と

して表出えぐりだし生成したのである、と解析した。

こうした言説は、松尾の詩にまつわる、かの女の言語使用からかんじとられる「性愛」の問題にたいする解釈となる。結論にいたる過程は、小島の言語観と自身の問題意識ときりはなすことはできまい。その言語観からは、松尾の〈詩の言葉の方法〉を〈「言語による言語の創造的解体」であ〉り、〈詩的認識の文体と詩的創造の文体が結合した〉もの、と説明する。また、小島の歴史観からは「松尾真由美〈マテリアル〉」を、〈彼女の複雑に成熟した個性による女性性（ジェンダー）と、セクシュアリティによる「脳」が見ている映像だった〉と、形容していた——まるでフッサールみたような物事と意識の関係づけだ——のは、かの女のおのずからなるメタ人間観、あたらしい「説話」だったにちがいないはずである、と（ぼくはおもいえがいている）。というのは、かの女のもちいた手法は「現代思想」とよばれるポスト構造主義がめざした脱近代——九〇年代の第三波フェミニズム、「セックス（生物学的）／ジェンダー（社会・文化的）」性差の二分法を無化すること——を目的にしており、近代西洋思想を告発、否定にあったからである。

そのうえで、何がじゅうようかというと。詩が言語芸術である、ということである。コトバ（パロール）を回廊にし存在しているヒトが詩を、詩的言語にひとたびふれたとき、小島きみ子を、つまり読者を、言語が人間をおのずからをさらけだすように喚起する表象機能を詩表現はもとめてやまない。松尾真由美の詩表現はその言語使用が読者をからめとっているのだから、かの女の詩は言語芸術として成立しつづけるであろう。小島が現代社会（ポストモダン）の説話を発見したということは、そのひとつのあかしであったことになるのである。

＊ 小島きみ子の引用文中、「エチカ」は無限実体、神は存在するといったほどの意。また、「リリス」はユダヤ教の伝承で、男児を迫害すると信じられている女性の悪霊。

参考文献

丸山圭三郎（岸田秀・柄谷行人・竹内芳郎）著『文化記号学の可能性』（日本放送出版協会　一九八三年）
中村雄二郎著　岩波新書『術語集―気になることば―』（一九八四年）
丸山圭三郎著『文化のフェティシズム』（勁草書房　一九八四年）

後記にかえて

なぜ、口語自由詩なのか——現代詩への出帆

起

まず、つぎの文章をみてもらいたい。

読者はあくまでも詩人の罪に帰し、詩人はあくまでも読者の罪に帰す。かくの如くして、詩歌は日を追う《ママ》て、わが読書界に於ける興味の中心を遠ざかつて行く。殊に二三年以来、小説界急速の進歩発展の人気に蹴落とされて、詩界に対する一般の態度が、著しく冷淡の度を加へ来つた観がある。嘆かはしい至りだと思ふ。

この評論文のこふうなコトバづかいをのぞけば、その内容は二一世紀のこんにちの文学状況が連想できるのではないか、とぼくはおもっている。

筆者は、相馬御風である。明治四十一年、一九〇八年の『早稲田文学』二月号にのっている「自ら欺ける詩界」の一節である。すこしく解説をすると。文中〈殊に二三年以来、小説界急速の進歩発展の人気〉とあるのは、〇六年の島崎藤村のかきおろし小説『破戒』と、翌年九月に田山花袋が雑誌『文章世界』に発表した「蒲団」を、直截的にはさしている。藤村の小説は部落差別の問題をとりあげた自費出版本緑蔭叢書のいっさつで、夏目漱石が西洋の近代小説に比肩するものと激賞した作品であった。また、花袋の「蒲団」はといえば、私小説とよばれる日本の近代小説のゆくえを決定した作品であった。そして、この二冊の小説がとうじ最先端の文学運動からうまれ、日本自然主義の文学を確立させることとなった。上記、〈嘆かはしい至りだと思ふ〉とあるのは、文壇とくらべた詩壇の現状にたいする御風の表白であった。

自然主義文学の興隆は、一九〇五年終戦の日露戦争までの近代化と歩をいつにした軌跡にあった。そのなかでおくれをとったのが詩創作の世界であったわけだが、しかし、「蒲団」とおなじ年おなじ月、詩草社の機関誌『詩人』に発表した川路柳紅の言文一致詩「塵溜」が耳目をあつめていた。御風の発議は、このときにまでさかのぼる。そのご言文一致詩が「口語自由詩」とよばれるまでの論議の経緯は、こんにち二一世紀の現在の詩状況とにており相似形の関係にある、とぼくはかんがえている。一九一〇年代前後の詩状況をモチーフに、本稿をすすめてみたいとおもう。

服部嘉香が世詩香のペンネームで〇七年十月に発表した「言文一致の詩」（『詩人』）は柳紅の「塵溜」を翌月ただちにとりあげ口語詩について、ほんかくてきに詩のコトバを論評したはじめてのものであった。「本格的」というのは、その書きだしの〈言文一致詩の問題は、泰西の作家及び批評家は余りに苦しむ事もないが、言文の間隔の甚しい日本では、詩に於て殊に根本的とも云ふべき困難な問題である。〉と問題を提起し、コトバの領域にきりこんで論じていたことによる。

元来言語の変化に音数、平仄、押韻の三つがある。支那の詩、西洋の詩、何れも此の三者を有してゐるが、日本に於ては詩と散文とのわかるゝ所は僅かに一つの音数律にのみよるのである。

と、かれは日本語と印欧語（また中国語）のことなる組成をふまえ、スコットランドの自然詩人ワーズワース詩篇から――〈日常田園の生活には人間の感情の尤も純粋なる発露を見る、之を歌はんには自由清新の日常普通の言語を用ひざる可からず〉と、その「地方語」である口語（おなじく、ロバート・バーンス）に注目した。

ただし、かれの提言はここまでで、もうひとつ、ワーズワースの格言――〈ミーターというふ事を除いては散文も詩も同様なり〉――には、日本語の〈ミーターのなき欠陥を補はんには言文一致詩の諸氏に詩の全体の調子として音楽の力を借る事を忘れてはならぬと思ふ。〉とある〈音楽の力〉というコトバでふれた言及にとどまるものであった。しかし、詩のありかたにかんしてはこの「ミーター〔meter〕」（律格）の解釈を軸に、その後、口語自由詩の議論がふかぼりされることになるのである。そのことは、文語定型詩を意識する二項対立時代をつよくはんえいしていたことをものがたった。

転じて御風の主張にもどる、と。かれは定型詩である新体詩をこのように〈詩歌に形式はある、しかし、形式の制約はない。人間の情緒さながらの形式、主観さながらの形式これが即ち詩歌の形式である。〉といった理解にたって否定したうえで、つぎのように「ミーター」と関連する発言をしている。

吾人が望む所は、新体詩を作ると云ふが如き観念を一切排除し去つて、何よりも先づ詩人自らが胸の奥なる「我れ」そのもの丶声を聴かん事である。わが情緒主観のメロデイをさながらに、調で出づべき事である。（「自ら欺ける詩界」）

と。御風にとっては言文一致詩を支持する立場から、柳紅の「塵溜」が発表されてから半年ちかくたつ間の、詩と散文のちがいと詩語のありかたをめぐる論議にたいする結論でもあった。

小説界がたっせいした近代精神の確立とその表現方法について、詩界はどうしたらよいのかという問題を、かれはおなじ『早稲田文学』三月号に〈前号に於て発した疑問を繰返して、わが詩界の反省を促さうと思〉い発表した。その三要求は、具体的であった。ひとつは、〈用語は口語たるべし〉と。そのふたつめ、〈絶対的に自由なる情緒主義さながらのリズムである〉と。さいごは、〈行と聯との制約破壊である〉と。こうして、文語定型詩を破棄したあとの、「口語自由詩」の輪郭があきらかな姿となってきたのである。そのうえで、かれはこのように締めくくっている。

結局は所謂新体詩の歴史破壊と云ふ事に帰する、即ち外から内を包むといふ詩界の根本的陋弊を破つて、内より湧き出でて外に形を為すといふ詩歌発生第一歩に帰れとの主張に帰するのである。

（「詩界の根本的革新」）

革命にひとしい提案だったわけで、たとえれば今西（錦司）進化論でなら、進化はジグザグにおこるのでなく、一気呵成、直線的にすすむのだという。御風革新は口語自由詩の実作と詩論との両面で、実際、今日にまでつながる主張となった。

承

その口語自由詩を方向づけたのは、島村抱月（瀧太郎）であった。かれは一九〇二年、明治三十五年に英国とドイツに留学し、〇五年に帰朝する。そして、自然主義文学を解説擁護した〇九年の『近代文芸之研究』中の、「囚はれたる文芸」などが川路柳紅の口語詩作成に影響をあたえたのである（詩集『路傍の花』序）。

かれは〇七年の談話筆記「現代の詩」（『詩人』）に、まずこんごの方向性として、現実の生活〈実際生活〉と口語の使用〈現代の言葉〉に注意をむけている。そのうえさらには、詩内容〈現代の思想感想〉をとりあげていたのである。こうした詩の全体像から、詩は〈形式内容共に切実に現実生活に触れん〉といって、その例としてアメリカの詩人ホイットマンをあげていた。そののちの詩壇をみぬく力に、だからぼくはおどろいていた。こうした立脚地点からみちびきだされた結論が、

内容（＝思想感想）に於ても形式（＝散文化）に於ても活きたる現代の生活（＝実際生活）に、能ふ限り密接ならしめん（＝口語使用）とするのが、詩に対する僕の要求である。

（「現代の詩」）

という主張であった。

この〇七年十一月の「談話」は、服部嘉香の「言文一致の詩」の翌月のことであり、また柳紅の「塵溜」から二ヵ月あとのことになる。ということは、やはり一九〇七年は現代詩にとって記念すべき年であった。そして、抱月にはもう一編「口語詩問題」と題した、かれの学術的な教養と文学的なセンスによってうまれた文章がある。〇八年、『読売新聞』の十一月二十、二十一日に掲載されたものである。一年間にわたる「言文一致詩」のさくそうした論議を整理したものでもあった。

かれには、詩歌をかんがえるときの大前提がある。一九世紀いぜんの文学では、「韻文〔verse〕」と「散文〔prose〕」の区分は絶対的であった。とくに、散文は「まっすぐな」といったラテン語の語源から、「平凡な」だとか「単調な」といった意味あいでもちいられた（「がらくた」といったニュアンスもある）。しかし、韻文には制約が存在した。このことは今日でもかわらないし、口語使用について相馬御風（服部嘉香も）が説明にくるしんだのは、この制約の壁があったからにほかならない。抱月の「口語詩問題」の入口は、まずこの壁の整理にあった。

詩と散文との重なる差別は如何にしても広い意味でのミーター（律格）の有る無しに帰するから、如何に今の口語詩が宛らの情調を現はさんが為に、形式の自由を尊ぶからとて、敢て自然に出づる此約束をまで顧みぬ訳には行くまい、といふのは此律格が元と吾人の生理的心理的状態と交渉を有して居るものである。

と。

さらにすすめて、この〈詩に於ける自然の約束である〉律格にはふたつある、という。日本語は一字一音の音素（拍）からなりたっているので、和歌などは五七調、七五調だとか、あるいは八八調といった律格からつくられており、その詩歌を定型詩とよんでいる。抱月はこうした律格を〈ランゲッジ・ミーター（言語的律格）〉とよび〈人工的形式〉の〈節奏〉と定義し、〈情調の自然の描写を妨げ〉るとかんがえていた。御風と嘉香が文語定型詩を否定したのは、それ故であった。

では、音素の規則性をもたない口語（俗語）の場合の律格は、どのようにしたら可能になるのであろうか。かれの説明は、こう〈今一つはソートミーター即ち思想上の節奏である〉と定義し、この〈自然的律格〉は〈言語の形式の上でキチンと制限しておかずとも、而かもその折々の自からなるリズムを伴ふべきであるから。〉と、理路だてたのである。現代詩はこうした整理のすんだあと、実作と詩論の両面から革新の歴史をたどっていったのだと、ぼくはおもいいたった次第である。

口語詩の「律格」について〈ソートミーター〉という〈節奏〉を、かれは文語定型詩の対立概念と定義したあと、詩作についてその説明をつぎのように展開する。

詩句法と称して詩に一種特別の措辞法があるやうに思ふのは間違だから平談俗語と少しも異ならない措辞法で行かうといふのがワーヅワース等の主張であるが、是れは古い一定の固着した句法に囚はれないで、自然の感想と密着した句法を取れといふ意味に解釈し始めて意味がある。

と。まず、かれのいう「句法」論、詩作（措辞）上の「語句」は〈自然不自然の判断は理論や法則では極まらない〉から、〈自然の感想と密着した句法を取れ〉ということにつきるのである。つまり、口語自由詩の原則、根拠となるものであった。

つづいて、こうしたかんがえを補強するために、かれは〈一層明白な問題〉「文法」にふれる。文法は、ただたんに恣意的なものにすぎない。文法家によりことなる「文法」論の存在が、そもそもなによりの証拠である。かんたんにいえば〈笑ふべき〉、信じるにたりないということである。文語が〈雅醇〉であり口語が〈蕪雑〉だとおもったりするのは〈後れた頭〉であることは、近代小説がすでに実証している。そう、抱月はいう。この文法観を口語使用と自由形式の詩にかさねあわせてみると、〈現今の口語詩運動には此の簡明にして而も誤られ易い問題を解決しやうとする意味が多分に含まれてゐる〉と、みてとった。

そこで、かれの「口語詩問題」の結論だが、こうである。

所謂口語詩が第一、律格を言語的律格から思想的律格に移さう、第二、詩句法を自然の句法にしやう、第三、文法を口語文法にしやうといふ動機を含んでゐるとすれば、私は其何れにも賛成を表して、其成功を期待する。

この第一の〈思想的律格〉がもっともむつかしいとのかれの指摘は、今日にいたっても、だれもが智見している。しかし、だれも元にもどることなどかんがえていない。欧米近代の一九世紀、散文からフィクション（小説）がうまれ、韻文からポエトリー（詩）がうまれたように、日本も轡をならべたことになる。御風が「言文一致詩」革命を宣言し、抱月が「口語自由詩」にみちびいた変革の過程はそのすすむべき途、進化の方向づけだったのである。もうひとつ忘れてはならないのは、人間の言語使用、ヒトのパロール（会話）は言語使用の経済原則にしたがいかんべんで負担のすくない方向へと変化してゆく。この理にかなった変遷は近代詩から現代詩がたどった史実によっても、そのことをあきらかにしてきたのである。

転

明治四十一年、一九〇八年十二月十二日、さいしょの「パンの会」が隅田川河畔の西洋料理店「やまと」でひらかれた。会の名称は、ギリシア神話の牧羊神である。あつまったのは文学同人誌『スバル』の木下杢太郎、北原白秋、吉井勇、石川啄木と、美術雑誌『方寸』の山本鼎、石井柏亭、森田恒友であった。この会が発展し、かれらの主張から耽美主義が誕生し自然主義の批判勢力となる。ぼくがこの会の存在をしったのは、一九五一年にでた野田宇太郎の『日本耽美派の誕生』（河出書房）であった。二十代ぜんごの学生時代で、しかも読解力もたりなかったのだろう、二十四五歳ていどの青年たちを高名な文学者だとか画家だとおもいこんでしまっていた。いまさらながら、その錯誤にきづいたのは副題を「明治耽美派推理帖」と題した幻冬舎の『かくして彼女は宴で語る』（二〇二二）でのことであった。たんなるりはつな若者としてしか、推理作家である宮内悠介はかれらをえがいていなかったからである。読後、ぼくはストンと腑におちるとともに、このことから明治末期の文学史像がおおきくゆらいだのである。

そして、また、明治四十三年、一九一〇年の七月十八日の『東京朝日新聞』に、白樺派の武者小路実篤が「五月雨」と題した自然主義文学批判を発表した。高圧的でいんうつな自然主義の文学を、ながあめの五月雨《さつきあめ》と比喩しはつらつとした文学革新を表明したのである。そのときの年齢が二十五歳、「パンの会」の青年とおなじ世代の若者であった。ここにきて、真・善・美（杢太郎は知・情・意という）と分類される美学上にもとづく「文学」がそろい、三派鼎立の構図がうまれたことになる。そんなことをかんがえながら、一九一〇年代の文学史をよくいわれる自然主義と反自然主義といった文学対立のイデオロギーとしてとらえるのではなく、世代間にみられる人生観上の差異だったのではないかと、ぼくにはおもえてきたのである。ようするに反自然主義者は、時代に適当する芸術を模索するわかき群像だったのである。

時代は、つねに転回する。自然主義運動をになないその前期、誕生一期にあたる明治四年うまれの花袋、抱月、またその翌年の藤村は四十歳の中年にさしかかる年齢になろうとしていた。かれらは、そのあと明治十年代の誕生二期にあたる御風や嘉香、あるいは小説家の正宗白鳥のようなその運動の後期に登場する文学者ではなかった。また、一九一〇年代の文学を理解しようとするなら、もうひとつかんがえておかなければならない重大事件がおこる。のちの民衆詩派による詩運動をかんがえるときには、その「大逆事件」とよばれる国家犯罪を問題にしなければなるまい。苦難のおもぐるしい時代だったのである。

この事件大逆は、明治天皇暗殺を計画したかどで幸徳秋水ら捕捉者二十四名のうち十二人の社会主義者らが絞首台におくられた国家の手による陰謀、冤罪事件である。一一年、明治四十四年の一月二十四日のことであった。事件にしょくはつされ、記したとされている啄木の「時代閉塞の現状」が自然主義にふれそのゆきづまり状態を告発した文章があきらかになるのは、歿後の一三年、『啄木遺稿』でのことであり、事件は戦後あきらかになるまでは隠蔽されていた。このことなどはわずかな例のひとつにすぎないが、あるいはまた、こんな、御風が主義者に連坐することをおそれ一六年、早稲田の講師を辞し郷里の糸魚川に隠棲したという因縁話ものこっている（川副国基直話）。

事態がうごくのは一九一〇年代後半の、元号が大正にかわりしばらくしてのことであった。富田砕花は一七年、大正六年の『早稲田文学』二月号の「民衆芸術としての詩歌」のなかで、あたらしい詩を〈民衆がその所有者であらねばならない〉と位置づけ、〈短い歴史しか有たない日本の詩にもすでに甚しい内容上のコンヴエンシヨンリズムとマンネリズムがあつた〉と、既成詩壇を批判したのである。その主張、

如斯き詩家は佶屈奇怪な文字の使用者、詩の仮面を被つて文字の遊戯を事とする軽佻者、古い律格の過重者、早計膚浅な自由詩反対論者と等しく新しい時代と、新しい世界とを無視した人々であつて、詩を民衆から強ひて遠ざけた我が詩壇の現状に対して当然その責に任じなければならないものである。

と。このなかでの批判の対象は、「パンの会」の文学者とかさなっているとおもわれる。そしてまた、島村抱月が想定した「口語自由詩」論の変革過程を、さらに前進させたものとなっていた。こうして、近代詩が現代詩にむかう道筋はひらかれてゆくのである。

この砕花の文章のほぼ半年まえに、白鳥省吾が『読売新聞』の六月十八日に「詩の庶民的傾向」を発表し、〈感動より宣伝へ、孤独より群衆へ、自分一人だけのしみじみとした感動から広い人類的の感動を表現した即ち詩の庶民的傾向が吾が国の詩壇の一部に明るい光を射し始めた。〉と、変化する詩壇のようすをつたえていた。その変容ぶりを、

我が詩壇には弱々しい韻律、縮まり過ぎた彫琢、島国らしい自己享楽。それがその全部だ。奔放な思想の詩もないではないが、如何にも未完成品らしいのを慊らず思ふ。その内容には自己の楽天的の肯定、自我の跳躍、現代に対する批判があるのがせめても若々しい萌芽を語つてゐる。

といったぐあいに、その新局面を説明していたのである。

しかし砕花とともに、白鳥はひろく海外のホイットマン、カーペンターらの詩篇だとかあるいは評論にふれ事情を熟知しており、また交流をもつことになるような詩人だったの

で、一年たった一七年の『新潮』十二月号の論調では、その「民衆詩」観からげんじょうに満足していないことがわかる。だから、かれは〈現実主義の浅薄なる謳歌と、民衆本位の詩の散文化〉に警鐘をならし、民衆詩の本義をといていた。

繰り返していふ、永遠を背景としてのみ個々の物が生きる、個々の力が輝く。私は詩に思想にしろ感情にしろわざとらしからぬ『驚くべきもの』を求める。あまりに詩壇は平明通俗に歩かうとしている。(…略…)永遠の絶対を背景とすれば汲めば汲むほど豊かになる詩があるが、只、思想のみを追及する詩は涸れてゆく。(「詩壇の一転機」)

と。そのごの民衆詩派による詩運動からうまれる変革だとか、一七年の第一次世界大戦終了後の前衛詩運動は本稿のモチーフをこえる範囲の問題なので、抱月が提起した口語自由詩のひとつの成果として白鳥の言説にふれ、この節をとじたいとおもう。

結

服部嘉香が七十七歳のとき、一九六三年に昭森社から副題を「日本自由詩前史」とつけた『口語詩小史』をだしている。かれがわかき日、詩にかんする学術的な評論文を多作していたころを回顧した著作であった。そのころ、二十二歳の明治四十一年、一九〇八年の『新声』四月号でわかき分身を登場させて、こんな文章をよせていた。

現代の文壇は一般に自覚した。殊に若き人々に於て人生は今や夢の世界ではない。吾等の悲哀苦悶は其の自覚の第一歩より来る。自己意識は現実の曝露である、自覚は悲哀となり苦悶となり懐疑となる、未解決を追ふて人間は限りなき疑惑の道を歩んでゐる。（「詩歌に於ける現実生活の価値」）

ときの評論家長谷川天溪の自然主義論をもほうしたような術語をならべ、あたらしく覚醒した若者の心境をたどたどしくもおそれをしらぬ口調でかたっていた。なにしろ、自然主義一色の時代であった。さらには、その翌年の『秀才文壇』五月号では「実感詩論」と題して、

最近、一部の若い詩人の間に自由詩の運動が起つてから、詩壇の調子が余程変化して来た。中にも著しい現象は、新たに自由詩人の一派が、旧来の形式派・技巧派に対して、内容派とも云ふべき権威を以て臨んでゐる事である。

と、詩界の変革模様をつたえていたが、その革新運動については上記の文章でしるしておいたとおりである。

おなじ時期の詩壇を、人見圓吉（東明）が一九七五年にだす大著『口語詩の史的研究』（桜楓社）のなかでふれていた。そのかれは、かつて相馬御風ら五人で発起した早稲田詩社のひとりであった。自然主義運動の拠点のひとつである。

河井酔茗は「詩人」（一〇号）の巻末の文芸通信欄に「言文一致詩」と題した一文の次に「口語詩」と題して、自然主義の影響は小説だけでなく詩壇にも現われ、「口語詩の如きものは最適例であって充実せる内容の生命は小説壇の傾向と同じくこゝに明らかに新詩の上に現はされてくるかと思ふ」とのべている。この口語詩観も文語定形詩（新体詩）に対する口語定形詩の意でなく、口語自由詩の意もあるらしい。

この文章はかれの文学史観にしたがったもので、小題にあるとおり「詩壇における口語詩の底流（明治四十一年中期）」と位置づけ新詩の誕生を、前文につづけ〈それはともかくとして「口語詩」という新しい名称が明治四十一年の五月の文献に前後して三カ所に現われたという事実は注目してよい。〉とかんがえたうえで、新詩革新運動に着目したものであった。

口語自由詩がうまれたのは、もちろん偶然ではなかったということだ。欧米経由の近代精神をあらわそうとすれば、内面心理をかたるのには口語がひつぜんであった。小説界が口語文では先鞭をつけていたので、それにならい詩人たちはおのおのの着想を定義、言語化しようと先をあらそっていたようだ。嘉香は著作のなかで、そのありさまをこんな風に述懐している。

わたくしがどうして名称にこだわつたかというと、主眼点は、詩の本質的革新であることを浅解して、散文詩（泡鳴）、断片詩（嘉香）、印象詩（藤井莫哀）、印象雑詩（吉野臥城）、印象断片（前田林外）、気分詩（介春）等々、作者みずから自分の詩に雑多の名称を付ける者が多く、用語についても、「日常談話に用ひつ、ある口語」（御風）、「現代語」（RTO）、俗語（蒲原有明）、「理想的詩語としての新言文一致」（露風）「リアル・ランゲージ」（嘉香）等々、雑多の説が多く出たので、新興口語詩運動の促進・普及のためには名称を一定する必要があると思い、「自由詩」という名称の下に統一しようとしたところにある。

「現代詩」には、こんな前史があった。正式な書名『口語詩小史―日本自由詩前史』からすると、かれも口語使用がだいいちで、詩体はそのつぎの問題だったことになる。人見の認識もおなじであったことにもなる。そして口語をもちい、自由詩型が詩壇をしはいしたのは、近代の精神を表現する条件をみたしていたからにほかならない。このことを、島村抱月が「現代の詩」で結論づけていたことはすでにふれた。たぶん、かれの予測をはるかにこえたはやい進展だったのではないか、とぼくはおもう。わかき詩人はそれだけ、「近代」を表現することにうえていたのであろう。上記、この節の冒頭、嘉香でみてきたとおりである。

ひるがえって、現在、現代詩がひろくよまれることなく迷走しているのは、なぜだろうか。一世紀まえの日本人が渇望していた西洋の近代文明が、現在は失望の対象となっている。一九四五年いらいの戦後詩が途絶したあと、それにかわるダイナミズムを表現できていないからだと、ぼくはそうおもっている。その戦後派詩人、黒田三郎の妻光子が八一年に思潮社からだした著書『人間・黒田三郎』のなかで、作詩の手本〈「詩は批評でなければならぬ」とする〉かれの信念をつたえている。詩をやさしくつづったかれの書記をふくめ、かつて口語自由詩人が高唱していたことが、ここでもいきつづけていたのである。

そして、分断世界がすすむ二一世紀。この二十年にわたる日本社会の低迷が詩表現を疎外させてしまったのはなぜなのだろうか、と。さらに今、コロナという感染症が日常生活をいっぺんさせてしまった。また、二〇二二年三月、ロシアによるウクライナ侵略が可視化させたいままでのさまざまな分断が、ヒトをいしゅくさせていたからであろうか。そんなことをおもったときに、現代詩のはじまりとなる一九一〇年代初頭前後の変革期におこった口語自由詩の躍動を、ぼくはよみなおしてみようとおもったことであった。

＊ 本稿「詩論」の引用文は、現代文学論大系第七巻『詩論・歌論・俳論・演劇論』（河出書房　一九五五年）、日本近代詩論研究会・人見圓吉編『日本近代詩論の研究―その資料と解説―』（角川書店　一九七二年）、近代文学評論大系第8巻『詩論・歌論・俳論』（角川書店　一九七三年）から再引用した。

参考文献

長谷川誠也（天溪）『自然主義』（博文館　一九一四年）
村野四郎・木下常太郎編著『現代の詩論（その展望と解説）』（宝文館　一九五四年）
渡辺順三編『十二人の死刑囚―大逆事件の人々』（新興出版社　一九五六年）
菊地康雄『現代詩の胎動期・青い階段をのぼる詩人たち』（現文社　一九六七年）
日本近代詩論研究会編『昭和詩論の研究』（日本学術振興会　一九七四年）

■初出一覧

序にかえて　現代詩との出合い（わが詩の源流）プラス　『詩と思想』二〇二一年五月号
＊原題「クロニクル（特集・わが詩の源流）」、「その2」「その3」は書下し

都市風景、そして八〇年代の詩へ——地方からのメッセージ
＊未発表。ただし、明文書房えぽ叢書に所収。本書収録にあたり字句等を改変。

戦後詩はかなた——全共闘運動から九〇年代への記憶　『東国』163　二〇二二年二月

「戦後詩」の消失と四人のH氏賞詩人
——八〇年代変容する社会と九〇年代H氏賞詩集　『東国』165　二〇二三年一月

木島始と連詩運動——四行連詩の成立展開　未発表

われらにとって現代詩とはなにか　『東国』164　二〇二二年七月

黒田三郎の社会詩――日本語話者の歴史過程　『詩と思想』二〇二一年六月号

詩人森崎和江――《異族》の叫び　『東国』166　二〇二三年六月

木島始詩集『夢中私記』――新資料、四行詩の誕生　『詩と思想』二〇二三年三月号

伊藤信一という名の詩人――八〇年代、および九〇年代+ゼロ年以降　『東国』161　二〇二一年三月

松尾真由美の詩集――エクリチュールのあらたな展開　未発表

後記にかえて　なぜ、口語自由詩なのか――現代詩への出帆　書下し

著者略歴

村椿四朗（むらつばき・しろう）／［沢 豊彦（さわ・とよひこ）］

一九四六年　東京に生まれる　詩人・文芸評論家

詩集『60年代のこどもたち』（新風舎）一九九一年
『勿忘草を寄す』（沖積舎）一九九六年
『詩雑誌群像』（土曜美術社出版販売）二〇一八年
『埋み火抄』（土曜美術社出版販売）二〇一九年
『歴史／現実』（土曜美術社出版販売）二〇二三年

評論『田山花袋の詩と評論』（沖積舎）一九九一年
『現代詩人―政治・女性・脱構築・ディスクール』（翰林書房）一九九三年
『ことばの詩学―定型詩というポエムの幻想』（土曜美術社出版販売）二〇〇一年
『田山花袋と大正モダン』（菁柿堂）二〇〇五年
『詩&思想』（菁柿堂）二〇〇七年
『近松秋江と「昭和」』（冬至書房）二〇一五年
えぽ叢書5『随感録Ⅰ―詩論集』同6『随感録Ⅱ―詩論集』（明文書房）二〇一六年
アウトテイク集『「文学」という自己表象 1843-2017』（明文書房）二〇一七年
＊二〇二三年に、22世紀アートから電子書籍化。表題は『「文学」はどこからくるのか』
『詩人の現在―モダンの横断』（土曜美術社出版販売）二〇二〇年　他

編著『日本名詩集成』（學燈社）一九九六年
『近代日本社会運動史人物大事典1～5』（日外アソシエーツ）一九九七年
『時代別日本文学史事典』（東京堂出版）一九九七年
『現代詩大事典』（三省堂）二〇〇八年　他

［新］詩論・エッセイ文庫25

われらにとって現代詩《げんだいし》とはなにか

発　行　二〇二三年八月十日

著　者　村椿四朗
装　丁　高島鯉水子
発行者　高木祐子
発行所　土曜美術社出版販売
〒162-0813　東京都新宿区東五軒町三—一〇
電　話　〇三—五二二九—〇七三〇
ＦＡＸ　〇三—五二二九—〇七三二
振　替　〇〇一六〇—九—七五六九〇九

印刷・製本　モリモト印刷
ISBN978-4-8120-2795-0　C0195